世界少年经典文学丛书

王子与乞丐

[美]马克·吐温　著

贾志梅　编译

中国出版集团　现代出版社

图书在版编目（CIP）数据

王子与乞丐／（美）马克·吐温（Twain, M.）著；贾志梅编译. —北京：现代出版社，2013.2 （2025.1重印）
ISBN 978 - 7 - 5143 - 1343 - 7

Ⅰ. ①王… Ⅱ. ①马… ②贾… Ⅲ. ①长篇小说 - 美国 - 近代 - 缩写 Ⅳ. ①I712. 44

中国版本图书馆 CIP 数据核字（2013）第 022091 号

作　　者	马克·吐温
责任编辑	刘春荣
出版发行	现代出版社
通讯地址	北京市安定门外安华里 504 号
邮政编码	100011
电　　话	010 - 64267325　64245264（传真）
网　　址	www. xdcbs. com
电子邮箱	xiandai@ cnpitc. com. cn
印　　刷	三河市嵩川印刷有限公司
开　　本	700mm × 1000mm　1/16
印　　张	9
版　　次	2013 年 2 月第 1 版　2025 年 1 月第 4 次印刷
书　　号	ISBN 978 - 7 - 5143 - 1343 - 7
定　　价	39.80 元

序　言

　　孩子是未来的希望，是父母心中的天使，是充满快乐的精灵。小学阶段更是孩子最快乐的时光，是孩子成长发育的黄金阶段。为了让孩子学习更多的课外知识，享受更加丰富的学习乐趣，我们策划了本丛书！

　　从小让孩子多读课外书，对培养孩子健康的心态和正确的人生观无疑将起着非常重要的作用。自《语文课程标准》公布以来，不少富有敬业精神、有才干的教师，在他们的教学中，担当起阅读教育的重担。他们在严谨的选材中，利用丰富的文学资源，向学生推荐了大量优秀的课外读物，实施了以"练成阅读和作文的熟练技能"为重要内容的阅读教育。大千世界充满了丰富的知识。阅读能丰富小学生的语文知识，增强阅读能力，提高写作水平，开阔视野，增长智慧。阅读本丛书，能够使孩子享受到阅读的快乐，激发起更浓厚的阅读兴趣，孩子的生活将充满新的活力与幸福！本丛书精选了世界名著和中国经典书目中流传最广、影响最大、最脍炙人口的作品，是培养小学生理解能力、记忆能力、创造能力的最佳课外读物。

　　最后需要指出的是，本丛书把世界上流传甚广的经典童话、寓言等也尽收其中，并将这些文学作品重新编写审订，使作品在不影响原著的基础上更适合少年儿童阅读，在丰富他们课余生活的同时提高语言和文字表达能力。本丛书通过科学简明的体例、丰富精美的图片等有机结合，使小读者不仅能直观地领略作品的精髓，而且还能获得更为广阔的文化视野和愉快体验。希望本丛书能成为孩子生活的一缕阳光照亮孩子前进的道路，能成为一丝雨露滋润孩子纯净的心灵。

编　者

目　录

第一章　王子与乞丐的诞生

　　十六世纪中叶当中有一个秋天，历史悠久的伦敦城里有一户姓康第的贫困人家生了一个男孩，但是他们并不高兴。同一天，一户姓都铎①的有钱人家也生了一个男孩，全家称心如意。全英国的人也非常欢迎这个孩子。大家对他的诞生期待已久，因此他现在的降世令全国的人们欣喜若狂。即使素不相识的人们都会拥抱亲吻，欢呼雀跃。大家都放假休息，无论男女老少，都尽兴地玩乐，载歌载舞，快活至极，他们狂欢了好几个昼夜。白天，伦敦一派热闹非凡的景象，每一户人家的阳台和屋顶上都飘荡着鲜艳的旗帜，随风摇摆，大街上有许多声势浩大的游行队伍。夜间的景象也异常热闹，街头巷尾，处处都燃烧着雄雄的篝火，四周围着层层狂欢作乐的人们。全英国除了谈论这个新生儿——太子爱德华·都铎之外，都不议论别的事情。这个孩子被绫罗绸缎包裹着，但是对于外面那一切无谓的锣鼓喧天都无知无觉，也不会意识到还有许多大臣和贵妇人们在为他服务——而且他也丝毫不在乎。可是没人谈到那个置身于破布烂絮之中的孩子——汤姆·康第。他的降临俨然给这家穷人雪上加霜，除了他愁眉不展的家人谈到他之外，再也没有任何人想起他了。

---

　　①　1485—1603 年之间是英国的都铎王朝时代。

第二章　汤姆的幼年时代

我们现在穿越时光隧道，来谈谈若干年后的情形吧。

当时的伦敦已经历了一千五百多年的风雨，以那时候的规模而言，应该称得上是一个大城市。全城居住着十万人口——有人认为甚至还要多一倍。那里街道迂回曲折而且又脏又乱，尤其是汤姆·康第家附近的那一带离伦敦桥不远。那里的建筑都是木质的，二楼凸出于一楼之外，而三楼又把它的胳臂肘伸出二楼的范围。房子盖得越高，往上的范围也就越大。房屋是在结实的木料钉成交叉形式的骨架，外面再裹上一层灰泥建成的。房屋的主人依据各自的喜好把屋梁粉刷成红色、蓝色或是黑色，这种简单的修饰使得那些房屋显出一副精致典雅的气派。房屋的窗户并不大，嵌着菱形的小玻璃，窗门和屋门的开向都一样是向外的，窗上的枢纽也是复制门上的。

汤姆父亲的房子处身于布丁巷外面一个被称为垃圾大院的小死胡同里面，那里很脏。那些房子矮小破陋，东歪西倒，然而那里面却塞满了一些困苦不堪的人家。康第一家挤在三层楼上的一个房间。他的母亲和父亲在一个角落里有一张我们暂且称之为床的床铺，可是汤姆和他的祖母，还有他的两个姐姐——白特和南恩，却不受约束——整个地板都归他们享用，他们可以睡在任何自己喜欢的地方。屋里扔着两条破得不像样的毯子，还有几捆用过很久的稻草，要把这些东西叫做床铺，也许不大合适，因为它们是乱七八糟的。一到早晨，这些东西全部被踢到一起，等到了晚上，大家再从这一堆里挑捡出来使用。

白特和南恩都年方十五岁——她们是一对孪生姐妹。她们俩都是心地善良的姑娘，但是满身肮脏，穿得可笑至极。她们的母亲也和她们不相上下。她们的父亲和祖母根本就是一对恶魔。只要有酒，他们就喝得烂醉如泥，然后对任何一个他们遇到的人拳打脚踢。即使不醉，他们也总会咒骂不休，比如骂约翰·康第是个毛贼，说他母亲是个乞丐。他们把子女们都教成了乞丐，可是还没来得及把他们变成小偷。在这所房子里一起住着的各式各样的穷人当中，有一位很慈祥的老神父，可是他与他们没有同流合污。国王给了他极为微不足道的养老金，就把他从家里一下子轰赶出来。他经常把孩子们叫到身旁，教他们一些本分的行为。安德鲁神父还教给汤姆些许拉丁文，并且经常教他读书写字。他本想把这些知识也教给那两个姑娘，可是那双胞胎害怕朋友们的讥讽，因为那些人如果知道她们俩掌握了那些稀奇古怪的知识，是决不会容许的。

整个垃圾大院里又吵又闹，正如康第家的放大版。酗酒、胡闹和叫嚷在那儿都是家常便饭，天天晚上都是这样，而且基本上是通宵达旦。在那一带，脑壳被敲破和饥饿都是家常便饭。可是小汤姆丝毫没有觉得苦闷，他的日子过得很艰苦，可是他自己并不以此为苦。他过的那种生活和垃圾大院里的同龄人过的毫无差别，所以他也就认为这是一种理所当然的生活。他晚上空手而归的时候，知道他父亲首先会骂他一顿，再揍他一顿，等他打饱骂足之后，祖母又会重复一遍，而且会变本加厉。他还知道，等到深夜，他那饥肠辘辘的母亲就会偷偷地溜到他身边来，把她从自己嘴中给他留下来的一星半点可怜的面包皮或者面包屑递给他吃，即使她这种大逆不道的举动一旦被她的丈夫发觉，就要饱受皮肉之苦，她也义无反顾。

反正汤姆的日子是过得很顺当的，尤其是在盛夏。他只能讨到足以他自己维持生命的东西，因为禁止行乞的法律非常苛刻，惩处也很重，所以他就用听安德鲁神父讲述那些关于巨人和仙女、矮子和妖怪来打发时间，还有就是鬼怪横行的豪华的城堡以及皇室的迷人的古老故事和传说。慢慢地，他脑子里盛满了这些稀奇有趣的故事，于是很多个夜晚，当他置身于黑暗中他那薄薄的、散发着臭味的稻草上，又疲惫又饿，鞭打之后的刺痛还在折磨着他的时候，就展开他的想像力，很有兴致地在脑海中描绘着皇宫里的娇生惯养的王子那种安逸的生活。因此，不大一会儿他的痛楚都消失了。到后来就有一个愿望日夜在他心中徘徊，那就是要亲看到一个真正的王子。有一次他对垃圾大院的孩子们谈起这桩心事时，却受到了十分刻薄的嘲笑和讽刺，以致他从此以后宁愿把他的梦想藏在自己心底。

他常常翻阅神父的古书，并且还请求他对内容进行阐述渲染。后来他由于梦想和阅览，心理上产生了一些变化。他想像的人物都非常优雅，以致他渐渐地因为他自己的衣衫简陋和满身的肮脏而感到羞愧，期盼自己能干净一些，能穿得得体一些。但是他还是如平日一样到泥潭里去玩耍，而且也玩得很尽兴。可是，他到泰晤士河里去嬉戏，却不像以前那样只是为了找乐，而是因为河水还可以把他身上和脸上冲洗干净，使他开始认识到河水的另一种用途。

汤姆经常注意到在契普赛街的五月柱①旁边和市集上有一些活动，偶尔遇到某一位不幸的政要由陆路或河远被押解到伦敦塔②去时，他和伦敦其余的市民还有机会看到军队的行列从街上穿行而过。某年夏季的一天，他还亲眼在斯密士斐尔德区看见了可怜的爱恩·艾斯裘和三个男人一起被捆在火刑柱上被烧死，并且还亲耳听见一位曾担任过主教的人给大家讲道。可是，他对这位主教布道的内容并不感兴趣。就是这样，汤姆的生活大体上是算得丰富，也够愉快的。

后来，汤姆所读的描写王子的书和他对王子的梦想竟对他产生了那么深刻的影响，以致使他不知不觉地自以为是王子。他的言谈举止变得优雅斯文而且有宫廷的气质，使他那些亲密的同龄人们非常羡慕，也觉得非常有意思。于是，汤姆在这群年少小伙子们当中的威信与日俱增，后来在他们心目中，他终于成为一个超凡脱俗的人物，大家对他都包含一种敬畏的心理。他知道的似乎真多，他居然能办到和说出那么多非比寻常的事情！而且，他还那么深谋远虑！他的话和他的举动都由这些孩子们传达给了他们的家人。人们也就马上开始讲述汤姆·康第，并且把他看成是一个最有天分的非凡人士。成年的人们都把自己的疑难拿来请教汤姆，他的阐释所

---

①　五月柱是在五朔节的时候用花或彩带装饰起来让男女青年围着跳舞的柱子。

②　伦敦塔是从前英国囚禁重要政治犯的监狱，这个塔是一座古堡，早已成为一个古迹。

表现的才智总是使人们为之感叹。的确，除了他自己家里的人，在他所有熟悉的人的心目中，他都成了一位智者——因为他家里的人丝毫也看不出他有什么了不起的作为。

不久之后，汤姆居然还秘密组织了一个小朝廷！他为自己加冕为王子，他的亲近玩伴有当警卫的，有当朝中大臣的，有当武官的，还有扮演侍从和宫女的，当王室的也有。这位自我表演的王子每天都依据他从那些传奇故事里掌握的一些繁琐的礼节接受众人的顶礼膜拜。这个虚构王国的国家大事每天都在御前会议上提出来商议，这位假扮的殿下每天都会给他虚拟的陆军、海军和总督们发布敕令。

那以后，他就身着那身破烂的衣服到街上去，讨来几个小铜板，啃着他那些可怜的面包皮，像过去一样挨打挨骂，然后在他那一小堆凌乱的稻草上躺下来，在幻觉中再享受他那虚构的荣华富贵生活。

然而他还是期待着见到一位真正的、活着的王子，能够亲自目睹他的风采。这个梦想日复一日地、周而复始地在他心中萌发，直到后来，它把他的其他一切愿望都压倒了，最终成了他生活中的仅有的追求。

正月里的一天，他像往常一样外出去行乞，垂头丧气地在明兴巷和小东契普街附近一带来回地缓慢地跨着步，他赤裸着脚，冻得难受，眼睛直往食品店的橱窗里瞧，渴望着能够吃那里面摆着的令人垂涎的猪肉饼子和那些叫人流口水的新花样——在他看来，这些食物都是专供天使享用的美味，由它们的香气来判断，一定是如此——因为他此生从来没有享受过那些幸福，从未吃过那些美味。天上下着冰凉的毛毛细雨，天空是阴郁的，那是一个凄凉的日子。汤姆晚上回到家里，像只落汤鸡，又乏又饿，甚至连他的父亲和祖母看了他这般凄惨的样子，也不能不表示怜悯——他们自有他们表示同情的途径：于是他们马上就猛地给了他一顿拳头，叫他去睡觉。有好长时间，疼痛和饥饿，还有那所房子里正在进行着的咒骂和殴打，总是使他难以安眠，可是后来他的思绪终于走进了古远的、神秘的地方，于是他就进入梦乡了。在梦中他和一些戴着宝石装饰、散发着珠光宝气的小王子们在一起，这些王子都住在美轮美奂的宫殿中，身旁有许多仆役行着额手礼，匆匆忙忙跑去执行他们的命令。正如往日一样，他又幻想自己是一个小王子了。

整个夜晚，他那王子身份的光环始终笼罩着他，他在灯火通明下，在大臣和贵妇们当中穿行，呼吸着清新的空气，陶醉于美妙的音乐之中。那些熠熠生辉的一群人一边给他让出路来，一边毕恭毕敬地向他俯首致敬，他就很有派头地对这儿笑笑，对那儿点点头，以示答礼。

清早回到现实，他一看周围那种悲凉的情景，他那一场好梦就对他起了一如既往的作用——使得他那环境的肮脏和鄙陋放大一千倍了。于是随之而来的就是苦痛、伤心和眼泪。

第三章　汤姆和王子的会见

汤姆饥肠辘辘地爬起床，又饿着肚子出去溜达，可是他心里还是没有忘记回想昨夜梦中那些迷迷糊糊的壮观景象。他在城里到处游荡，没有注意脚步在往哪儿走，也没有发觉周围到底发生了一些什么事情。有人拼命推操他，还有些人对他咒骂，不过这一切对这个陷入幻觉的孩子完全没有影响。后来他走到了邓普尔门，这是他从垃圾大院往这个方向走得最远的一次。他停下来想了一会儿，然后又沉浸到他的幻想中，接着就再往前踱几步，出了伦敦的城墙。河滨马路当时俨然不再是一条乡间的大路了，它被命名为一条街道，可是这种称呼是很牵强的，因为它虽然一边罗列着一排层层叠叠的房屋，另一边却只有几幢零落的大房子，这些大房子都是当时有钱的贵族家庭的大厦，前面都有宽大而漂亮的庭园，一直延伸到河边——这些庭园中现在都错落有序地坐落着占地广阔的、威严的砖石建筑物。

汤姆随即就发现了翠林庄，他在一座精致的十字碑前小憩了一会，那是过去的一位失去亲人的国王在那儿盖起来的。然后又沿着一条幽静的、漂亮的路溜达过去，经过红衣大主教的雄伟的大厦，朝着一座更伟大、更金碧辉煌的建筑——威斯敏斯特宫——走过去。汤姆张大眼睛目不转睛地盯着那一堆壮丽的建筑物，望着那伸出很远的边厢、那金光四射的城堡和角楼、那高大的石造大门，上面有镀金的门栅，门前立着许多庄严的、庞大的花岗岩狮子，还有其他一些英国皇室的标志和征象。他简直看得愉悦不已，惊奇不已。难道他心中的梦想终于可以变成现实了吗？这儿可的确是一座不折不扣的国王的宫殿呀！假如上帝愿意恩典的话，他现在岂不是有希望可以见到一个王子——一个活生生的王子了吗？

那闪着金光的大门两边都立着一个喘着气的人像，也就是说，有两个站得笔挺的、威严的、一动不动的兵士，他们从头顶到脚跟都包裹着全副闪亮的钢制盔甲。无论来自乡下或者城里的人，为了表示尊敬，驻足在一段距离之外，大家期盼着机会，期盼着间或有王族出现的时候能够大饱眼福。豪华的马车里坐着高贵的人物，外面还有大量的仆从，一辆辆马车从那穿过皇宫的围墙的另外几座高大壮丽的大门里来来往往。

可怜的小汤姆身着褴褛衣服走过去。他心脏强烈地跳动着，情绪高涨，害怕而迟缓地从那两个卫兵身边经过的时候，忽然从那金漆门栅里一眼瞟见门中有一个散发着贵气的人物，这使他几乎高兴得大叫起来。那是一个优雅的男孩子，他因为经常在阳光下尽情地游戏和运动，皮肤发出黝黑的光泽，他全身穿着华美的绸缎，满身珠光宝气，他腰上别着镶着宝石的剑和匕首，脚踏雅致的短统靴，后跟是红色的，头顶一顶漂亮的深红色帽子，帽子上嵌着一颗大宝石，系着几根往下垂的羽毛。数位打扮得很得体的男人在他身旁守候着——不言而喻，那些都是他的仆人。嘿！他一定是个王子——准是一个王子，有血有肉的王子，真正的王子——毫无疑问。那小汤姆心中所渴望的事情终于如愿以偿了。

汤姆激动得连呼吸都短促起来，他的眼睛也因为惊奇和兴奋而充满光芒。他心里已经抛下了一切事情，彻彻底底让一个梦想占据了：那就是，走近王子身边，认认真真地盯着他，好好地打量打量。不知不觉，他的脸贴近那栅门了。那两个岗哨其中一个马上就蛮横地揪着他，一把甩开，操得他像个陀螺似的滚出好远，挤进那些张着嘴看热闹的一群人当中去了。

这其中不乏乡下来的人，也有本市人。那个士兵说：

"放规矩点儿，你这小要饭的！"

那一群人都哄笑起来，有的还仰天大笑。而那年轻的王子飞奔到大门口，满脸涨得通红，眼睛里爆发着愤怒，大声斥责：

"你怎么可以这样欺凌一个可怜的孩子！你怎么可以这样侮辱我的父王最低微的臣民！快把大门打开，让他进来！"

这下，那一群无所事事的闲人就都赶紧摘下帽子来，那简直是可笑至极。如果你听见他们大声欢呼"太子万岁！"也很值得回味。

那两个兵士举起戟来敬了个礼，随即敞开大门，并且在那"穷人国的王子"带着他那身随风飘动的褴褛的破布走进来和那名符其实的王子握手的时候，他们又行了一次礼。

爱德华·都铎说：

"你一定是累了，肚子也饿了吧？你受了委屈哩。请随我进来吧。"

五六个仆从突然向前面扑过去，大概是想阻挡吧。可是，王子很有派头地摆摆手，示意他们退下，他们立刻就在那儿木讷地站着一动不动，活像几尊泥像。爱德华把汤姆带进王宫里一个奢侈的房间，他说这是他个人的私室。仆人遵照他的吩咐，送来了一份精美的饭菜，这种食物汤姆除了在书里见过之外，从来没有闻到过它的香气。王子终究有王子的优雅派头和礼貌，他命令仆人们都回避，好让他这位卑微的朋友不致因为他们在场异样的目光而感到拘束不安。然后，他坐到一旁，边让汤姆吃饭，边和他聊天：

"你叫什么，小伙子？"

"禀告王子殿下，贱名汤姆·康第。"

"你的名字可不常见哦。你家在哪儿？"

"禀告王子殿下，我住在旧城里布丁巷处被叫作垃圾大院的地方。"

"垃圾大院？有意思，这又是一个稀奇名称。父母都健在吗？"

"父母都在，王子，我还有祖母，可是她对我算是个无所谓的亲人，这话说了也许是不合适的，但愿上帝能饶恕我——另外还有一对孪生的姐姐，南恩和白特。"

"我想你奶奶对你肯定是不够呵护吧。"

"禀告殿下，她对任何人都不大好。她的心肠恶毒了，一辈子只会干坏事。"

"她虐待过你吗？"

"她只有睡着的时候或者是醉得不能动弹的时候停手。可是她的脑子一旦清醒过来，她就要用尽全力地揍我，打够了才罢休。"

小王子眼睛里露出异常愤怒的神情，他大声吼道：

"怎么！她经常殴打你吗？"

"啊，王子，禀告殿下，她确实是常对我拳打脚踢。"

"竟然这样欺负你！——你的身体这么羸弱，个子这么矮小！听着：不到天黑，我就叫她上塔里去①。我的父王……"

"殿下，您忘记了她只是卑贱的人哩。塔里是专门关有头有脸的人。"

"这话有道理。我都气糊涂了。我要想想怎么治罪于她。你父亲呢？对你好不好？"

"跟奶奶不相上下，殿下。"

"当父亲的也许都如此吧。我的父亲脾气也暴躁。他打起人来毫不留情，可是他没有动过我一手指头。不过话说回来，他嘴上可从不饶我。你母亲对你好不好？"

"她很好，殿下，她从来也舍不得让我不开心，也舍不得让我受罪。南恩和白特也是这样，继承了我母亲的脾气。"

"她俩多大年纪了？"

"禀告殿下，年方十五岁。"

"我的姐姐伊丽莎白公主是十四岁，堂姐洁恩·格雷公主和我一样大，都长得很漂亮，又很善解人意，可是我姐姐玛丽公主却是不苟言笑，她……咦，我问你：你姐姐也禁止她们的仆人笑，认为这种不端庄的行为会弄脏她们的灵魂吗？"

"她们吗？啊，殿下，您以为她们可能有仆人吗？"

---

① 上塔里去就是关进伦敦塔去坐牢。

小王子认真地把这小乞丐上下打量了一会，然后说：

"怎么会没有？晚上谁帮她们更衣？早晨谁帮她们梳妆打扮？"

"不需要任何人帮忙，殿下。难道她们把衣裳全都脱掉，裸体睡觉——那不和野兽彼此彼此了吗？"

"脱掉衣裳就光着身子睡觉？难道她们没有睡衣？"

"是啊，殿下圣明，她们需要另外一套衣服有什么用呢？她们每人只有一个身子呀。"

"这个想法真是古怪，真是太罕见！对不起，我并不是故意瞧不起你。可是我希望你的漂亮姐姐南恩和白特都有好衣服，还有够她们使唤的佣人，马上都会有：我吩咐我的财政大臣去安排。不，用不着感激我，这不算什么。你的话说得很得体，你说得很斯文。读过书吗？"

"我不知道我算不算得上念过书的，殿下。有一个名叫安德鲁的神父教过我，他很和蔼，我是他的学生，"

"你学过拉丁文吗？"

"我想我懂的很微薄，殿下。"

"加油学吧，小伙子，开头都不简单。希腊文甚至更难一些，可是无论是这两种，还是任何其它种类的文字，伊丽莎白公主和我的堂姐学起来都毫不费力。你要看见这两个姑娘念起那些外语来逗哪！你还是给我描述一下你们那个垃圾大院吧。你在那儿过的日子很高兴吗？"

"说实话，那是很令人愉悦的，殿下，只有肚子饿了的时候才觉得不好过。那儿有傀儡戏，还有猴儿——啊，这些小动物非常有趣！穿得也很可爱！——还有些戏里，扮演的角色都拼命地吼叫、拼命地激战，一直打斗到戏里的人全都牺牲才算完。那可真是尽头，看一场只要一个小铜子儿——不过殿下您大概还不知道，我要挣一个小铜子儿可不容易呀。"

"你继续给我讲一讲吧。"

"我们垃圾大院的孩子们有时候拿着棍棒作为武器相互打斗，学着那些徒弟们那样打。"

王子眼睛里闪烁着颇有兴趣的光彩，他说：

"哟！这我倒觉得非常有意思。再给我讲一些吧。"

"殿下，我们还赛跑哩，为的是看看谁跑得最快。"

"这个我也很喜欢。继续说吧。"

"殿下，每到烈日炎炎的时候，我们就在运河或者大河里嬉戏和凫水，大家都把身边的人压在水里，拍水击他，还往水里扎猛子，或是大声叫喊、或是在水里摔跤，还……"

"只要能像这样玩一回，拿我父亲的江山来换取也值！请你继续往下说吧。"

"我们还曾在契普赛街围着五月柱载歌载舞，在沙土里玩，我们把身边的人埋进沙子，我们还常用泥土做糕饼——啊，多有乐趣的泥呀，真是全世界再找不出像那么好玩的东西！殿下您别怪我胡言乱语，我们简直就在泥里撒欢。"

"啊，请你到此为止吧，真是妙极了！要是我能穿上你那身衣裳，光着脚，到泥土里去洒洒脱脱玩一次，只要玩一次，没有人指责我或是阻止我，那我想我连王冠都可以放弃了！"

"殿下，要是我能穿上您身上的衣服——只要能享受一次……"

"哦嗬，你想要穿吗？那就这么办吧，把你的衣服脱下来，穿上我这些讲究东西吧，小伙子！这可以暂时换点快乐，过过瘾。我们把握机会体验一下吧，不等别人来干涉，就可以再换过来。"

一会儿之后，王子就身着汤姆那身随风飘的褴褛衣裳，同时那贫民窟的小王子也换上了华丽的皇家服饰，打扮得焕然一新。他们一起走到大镜子前面，并肩站着，哈，太神奇了：就好像是根本没有换过衣服似的！他们睁着眼睛互相望着，然后又瞧瞧镜子，再互相打量。不一会儿，被弄得不知所措的王子终于开口了：

"这是怎么回事呀？"

"呀，殿下，我可不方便回答这个问题。我这样低贱的人说出那种话来，也太不合适了。"

"那么就让我来说清楚吧。你、我的头发一样，眼睛一样，声音和姿态都一样，外貌和个头也不相上下，面孔和气色相差无几。我们俩要是赤裸着走在外，没有人能分得清楚我们。现在我穿上了你的行头，似乎是应该更能够体会到你的不易。我想起了刚才那个不讲理的卫兵——嘿，你手上是不是被抓伤了？”

"是的。不过小菜一碟，殿下您知道那个卫兵也挺不容易的……"

"打住！这事情太下流、也太不人道！"小王子跺着他的光脚怒吼。"要是国王……你别走，等我回来！我命令你！"

他以迅雷不及掩耳之势拿起一张桌子上的一件国宝，把它藏起来，一溜烟跑出去，穿着那身像旗子似的破布，飞快地从庭园中穿过，满脸通红，眼睛里直冒火花。他一路奔向大门口，蹬着栅门，把它使劲摇晃，大声嚷道：

"开门！把门打开！"

刚刚欺负过汤姆的那个兵士立刻就打开了门，王子怒不可遏地冲出门口，那兵士无耻地抽了他一个很响的耳瓜子，把他打得如同陀螺一样滚到大路上，嘴上还不放过可怜的王子：

"赐予你这个吧，你这小要饭的！你引得太子殿下对我怒言相斥，我这就是回赠你的礼！"

那一群闲人哈哈大笑起来。王子从泥潭里拼命爬起来，怒气冲冲地向卫兵跑过去，大声吼道：

"我是王子，我的御体是神圣不可侵犯的。你竟敢打我，我要处你绞刑！"

那卫兵举起手来行礼，阴沉地笑道：

"我给殿下您请安。"然后生气地说，"给我滚开，你这神经的小杂种！"

那凑热闹的一群人把这可怜的王子包围起来，连挤带推地拥着他顺着大路往前走去，大家讥讽他，大声嚷着："给太子殿下清道啦！快给太子清道呀！"

第四章　王子开始遭难

　　遭受了好几个小时不断的追逐调笑、嘲讽和折磨后，那一群闲人终于把王子抛开，不再缠着他不放了。开始，王子还有力气对那群闲汉大发脾气，摆出一幅王子的架子吓唬他们，并且发出王室的命令，却被他们玩乐取笑，大家都认为他非常好玩。可是后来，疲劳终于逼迫王子保持沉默了，那些哄笑他的人对他也就不再感兴趣了，另寻开心去了。王子环顾四周，可是并不知道自己身处什么地方。他是在伦敦城里——他所知道的仅此一点。他漫无目的地溜达着，走了不远，房屋渐渐稀少了，路上的行人也变少了。他的脚被磨破了，便在小河里洗了洗，这条河途径的地方就是现在法林顿街所在的地方。他歇了几分钟，然后接着往前走，不久就来到一块空旷的地方，那儿只有零星的几幢房屋，还有一座壮丽的教堂。这个教堂他是听说过的，到处都搭着棚架，还有大片的工人，因为教堂正在进行整修。王子马上就精神焕发了——他感觉到他的苦难已经离他远去了。他心里暗暗想道："这就是历史悠久的圣芳济教堂嘛，被父王从修道士那里接收过来，改成了乞丐和弃儿的收养所，并且改称为基督教堂了。这里的人想必会小心翼翼地招待我——对他们有过如此大恩大德的施主的儿子，尤其是现在我也和这里已接纳的或将要收容的孩子们一样可怜，他们当然更不会吝啬。"

　　他没多久就走到了一群男孩子当中，他们正在打打闹闹，打球和做"飞拱"游戏，或是玩着别的游戏，玩得很是尽兴。这些孩子都穿着同样的衣服，那种服装的样式是当时的仆人和学徒当中非常常见的①——说详细点，每人头顶上戴着相同的黑色小扁帽，大小接近茶碟，这种帽子尺寸不大，并不能遮盖整个头部，同时也谈不上有什么审美的作用；头发结到一起，就从帽檐底下垂到额头中间，周围修得整整齐齐；脖子上系着一条类似牧师系的那种宽领带；穿着一件紧身的蓝色长袍，长至膝部，甚至更低，还带着又长又宽的袖子；红色的宽腰带；袜子是明亮的黄色的，袜带已到达膝部以上；一双装有大颗的金属鞋扣的短统鞋。——这种服装真是够愚蠢的。

孩子们停止了游戏，都围拢到王子四周来。王子以天生的皇室气派说：

"小伙子们，去转告你们的所长说皇太子爱德华要见他。"

那群孩子一听这言论，大嚷了一阵，有一个野蛮的孩子说：

"哈哈！你是殿下的佣人吧？小叫化子！"

王子气得青筋暴起，就马上伸手到腰下去摸，却什么也没找着。孩子们又哈哈大笑起来，有个孩子说：

"快瞧啊，他还自以为佩有一把剑哩——有可能他本人就是真的王子哪。"

这一句玩笑话又引起了一阵哄笑，无路可走的爱德华王子却不失威仪地挺直身子对他们说道：

"我就是王子。你们拿着我的父王的施舍，却反过来这样欺负我，未免太不礼貌了。"

孩子们听了这话后觉得非常有意思，不禁笑得前俯后仰。开始时说话的那个小孩对其他孩子们嚷道：

---

① 基督堂教养院的服装——认为这种服装是照当时伦敦市民的服装仿制的，这是一种非常有理的看法；当时穿蓝色的长上衣是一般学徒和男仆的共同习惯，穿黄色的长袜子也是很普遍的，上衣紧紧地贴着身子，但是袖子却很宽大，里面还穿一个没有袖子的黄色衬褂，腰部系着一根红色皮腰带；颈上围着一条宽领带，头上再戴上一顶茶碟那么大的扁形小黑帽子，全套服装就齐全了。——丁木斯著《伦敦珍闻录》——原注。

"嘿，你们这帮垃圾，靠王子殿下的父王赠予养活的东西，怎么能这么无礼？你们这些蠢才赶快跪下，全部跪下，拜见太子殿下的威仪以及他这套王室的破衣烂衫吧！"

孩子们在一阵狂笑中齐声跪下，以嘲讽的态度向他们作弄的对象行礼致敬。王子一脚踹开离他最近的那个孩子，抓狂地说：

"先赏你这个！明白就让你上绞刑架！"

哎呀，这玩笑可开大了——简直超出开玩笑的所属了。笑声戛然而止，孩子们愤怒了。十几个孩子怒吼道：

"把他拉走！拖到洗马池那儿去，把他扔到洗马池①！狗在哪儿？过来，狮子！过来，獠牙！"

随后就发生了英国历史上从未发生过的一桩事情——皇太子的龙体被一大群顽童的爪子粗暴地殴打，并且，顽童们还指使恶狗去咬他，把他的身体咬伤了！

那天夜幕降临的时候，王子走到了城内房屋聚焦的地区。他已经浑身受伤，手上流着血，一身破烂的衣服更脏了。他继续往前游荡，不停地前行，心里越来越慌张，他已经精疲力竭，以致两条腿简直像灌了铅了。他再也不向路人打听，因为他的问话不仅问不出任何消息，反而惹得人们对他的耻笑。他老是对自己说："垃圾大院——就是这个地名，我如果没有累赘，就能找到那个院子，那我就得救了——一旦到了，他家里的人就会把我送到父王那里去，证明我不是他们的孩子，而是真正的王子，那我就可以恢复我的地位了。"他脑子里时时浮现出基督堂教养院里那些野蛮的孩子欺凌他的情形，于是他说："等我登上王位的时候，他们就不仅可以吃饱穿暖②，还应该上学受教育。因为只填饱肚子，脑子里却什么都没有，心灵也得不到灌溉，那是没有什么用处的。我一定要深深记住，永远铭记今天所受的教训，防止我的百姓因此而饱经折磨，因为知识可以升华

---

①　洗马池—般是洗马和饮马用的，但遭到众人厌恶的人有时也被丢到洗马池里去，叫他吃苦头。

②　基督堂教养院本来就不是作为学校创办的，它的职份是收容街头的流浪儿童，供给他们衣食住等等。——丁木斯著《伦敦珍闻录》——原注。

心灵，培养文雅和仁爱的品质。"

每个角落的灯光渐渐亮起来了，天上也落下了雨，随即又刮起了风，狂风暴雨的夜晚就降临了。这个落难失魂的王子，无家可归的本应当继承英国王位的太子，仍旧朝前行进，越来越深入这些迂回的肮脏小巷，那儿是一些困苦不堪的人家，他们的家像密集的蜂窝似的拥挤在一起。

忽然，有一个又高又壮的醉汉一把抓住他说：

"每次一出去就这么晚才回家，我猜准是一个铜子儿也没带回来！如果正如我所料的话，我要不把你这一身皮包骨全给打断，我就不配是约翰·康第了！"

王子把身子一扭，挣脱了那个醉汉，还习惯性地把他那被碰脏了的肩膀拍拍干净，然后匆忙问道：

"啊，原来你就是汤姆的父亲，真是难以置信！谢天谢地，但愿如此。那么，你把他带回家吧，让我恢复身份吧！"

"什么？'他的父亲！'你胡说什么。我只知道我就是你的父亲，你马上就会……"

"啊，别再逗乐子，别再作弄我，别再耽搁工夫了！我累了而且受了伤，我再也坚持不下去了，你送我回我的父王的王宫，他会让你发大财，得到你想都不敢想的恩赏。相信我吧，真的，相信我吧！——我说的是真的，我说的句句属实！——你伸出手来帮帮我吧！我的确是太子！"

那个人怔住了，他低下头，瞪起眼睛瞅着这孩子，然后摇摇头，嘟哝着说：

"你发疯了，简直就是疯子！"然后又一把把他拎起来，发出粗暴的笑声和咒骂，吼道："可是，不管你胡说什么，我和你奶奶都会弄明白你这身贱骨头哪儿最软，要不然我怎么算好汉！"

他说完这话，就把那怒气冲冲、拼命挣扎的王子拖着回去，拖进前面的一条窄巷，他们身后跟着一群看热闹的，乱哄哄的闲人。

第五章　汤姆当了王子

汤姆·康第独自一人留在王子的私室里，尽情地抓住这个机会享受了一番。他照着大镜子，把身子左转右转，沉醉于他那一身华贵的衣裳，之后又走开，一边装出王子那种高贵典雅的气质，一边向镜子里看看效果。然后，他就抽出那把精致的剑来，鞠了个躬，吻一吻剑，再把它贴近胸前，这些姿势是从他五六个星期前所遇到的一位高贵的爵士那儿偷的艺。那时候，这位爵士看押着诺阜克和索利那两个大勋爵，在他把他们转送给伦敦堡的典狱官看管时，他使用的是这样礼节。汤姆还抚弄着大腿侧旁垂着的那把镶着宝石的短刀，他仔细观察屋子里那些贵重和精致的摆设。他试坐每一把奢侈的椅子，心里琢磨着，假如垃圾大院那一群野孩子能往里面瞟一眼，看见他这副气质非凡的样子，他该会多么开心呀！他担心他回到垃圾大院之后给他们讲述这段历险，他们会怀疑他这个令人惊叹的故事，会摇摇头说他因为想入非非的脑子又在作梦，最终使他丧失理智了。

几乎过了半小时后，他忽然想起王子出去已经很久了，于是他马上就觉得孤单起来，不久他就开始竖起耳朵和张望，对他身边那些漂亮东西也没兴趣了。他渐渐感到不安，然后又感到紧张，再往后就感到苦恼。万一有人进来，看见他穿着王子的衣服，而王子又不在现场说明原因，那岂不闯祸了？那他岂不是可能会先被拿走小命，然后再被调查实情吗？他以前听说过大人物解决小事时就是说做就做的。他的恐惧心理不断增加，于是他颤抖着推开通向外面那个房间的门，想要溜出去寻找王子，希望王子给予他庇护和解脱。六个衣着豪华的奴才和两个穿得花枝招展的贴身侍从突然一齐起立，在他面前毕恭毕敬地鞠躬致敬。他连忙往后挪动，关上门来，他说：

"天呐，他们是在戏弄我！他们会去揭发我？天呐！我为什么要上这儿来送死呢？"

他在屋里徘徊着，心中充满了莫名的恐惧，一面认真地听着，每当有一点小动静，他就心惊胆战。随后，那扇门忽然被推开了，一个穿绸衣服的仆人说：

"洁恩·格雷公主驾到。"

门轻轻合上了，接着就有一个穿得很漂亮的可爱的女孩子向他蹦蹦跳跳地跑了过来。可是，她忽然站住了，用焦急的口吻问道：

"啊，您怎么啦？身体欠安吗？殿下。"

汤姆吓得魂飞魄散，可是他勉强支撑着结结巴巴说出实情："哎呀，请您开恩！真的，我并不是什么殿下，我只是城中垃圾大院里卑微的汤姆·康第。请您帮我找找王子殿下，他就会仁慈地把我的破衣服还给我，并且放我离开，让我回家。啊，请您开恩，救救我吧！"

这时汤姆已经跪下，还用眼睛和举起的双手恳请着。那女孩子被惊住了。她惊惶无措地喊道：

"啊，殿下，您怎么可以下跪？——怎么可以对我行此大礼呀？"

接着她就不知所措地逃跑了。汤姆因绝望而痛苦万分，瘫倒在地上，嘟囔：

"没人救我了，没有人救我了。这下卫兵们肯定会来把我抓走了。"

他在地上一动不动，因恐惧而渐渐麻木的时候，这个可怕的消息在宫中飞快地传开了。这个消息被大家用耳语相传——王宫里通常都是用耳语交流消息的——这个奴仆告诉其他的奴仆，宫臣告诉贵妇，顺着没有尽头的长廊一直传播过去，从一层楼飞往另外一层楼，从这个花厅飘向那个花厅："王子疯了，王子疯了！"不一会儿，每个花厅、每个大厅都围拢起成群的雍容的廷臣和贵妇，还有成群的服饰精美的一些次要人物，大家都在一起关切地悄悄议论着，每个人的脸上都显现着惊恐的神色。再后，有一位贵气的官员大步流星地从这些人群身边走过，庄严地宣读了一道圣谕：

奉圣谕：严禁轻信此种无稽之谈，亦禁止妄议或向外散布，违者处死！务须谨遵圣谕！

于是，耳语戛然而止了，好像整个皇宫里的人们都一下子变成了哑巴似的。

过了不长时间，各处走廊上又起来一片叽叽喳喳的声音，大家纷纷说："王子！看，王子过来了！"

可怜的汤姆缓慢地一步步迈过来，经过那些深深弯腰行礼的人们身边，他想弯腰答礼却又害怕。同时，他那两只不知所措的、可怜的眼睛畏畏缩缩地看着周围那种古怪的情景。大臣们堆在他的两边，让他倚在他们身上，以便使他的脚步走得省力一些。他的背后还紧随着御医和几个仆从。

渐渐地，汤姆发觉他到了皇宫里的一个豪华的房间里，听到在他背后有人把门关上了。他旁边站着陪他同路进来的人。

在他前面很近的地方，是一个身材高大、颇为富态的人斜倚在床头，满脸横肉，面目显得庄严。他满头银发，络腮胡子也是银色的了。他的衣服做工精美，可是已经有些旧了，而且还略显磨破的迹象。他的腿有些发肿，有一条腿下垫着一个枕头，上面捆着绷带。这时候，没有人敢出声，除了这个人而外，所有的人都深深地低着头。这个面貌阴沉的病人就是那威严的英王亨利八世，他说：

"我的爱德华王子，你还好吗？你是不是故意开玩笑，逗我开心，想让我受骗呢？我是你的父王，对你很疼爱、很呵护的呀，你怎么能这样调皮呢？"当他开口说话的时候，脸上就显现出温柔的神色了。

汤姆的思维有些错乱，这些话的前半部分，他还尽力镇静地倾听着，然而，当"你的父王"这几个字钻进他耳朵里的时候，他的脸刷地变白了，他立刻就跪到地上，仿佛是腿上中了子弹似的，他向国王高高地举起双臂，大声地喊道：

"您就是国王陛下？那我真的没命了！"

这些话使国王十分震惊，他的眼睛禁不住瞅瞅这个的脸，又望望那个的脸，然后，他就不知失措地盯住他面前的这个孩子，用悲痛的口气说道：

"上帝！我原以为谣言不可信，可是，恐怕这回是我错了。"他长长地叹了一口气，又用温和的语调说，"皇儿，到你的父亲这儿来吧，你确实不太正常。"

汤姆被人搀扶起来，战战兢兢地挪到大英国王陛下身前。国王用双手抚摸着那受惊的脸，关切而慈爱地注视了一阵，仿佛是渴求能在那上面发现因逐渐清醒过来而有一些激动的神情。然后国王把汤姆那卷发的头贴在自己胸前，温柔地抚摸着，随即又说：

"孩子，你知道我是你的父亲吗？你不能如此刺激我这颗苍老的心呀！你就说你知道我吧。你的确是认识我，是不是？"

"当然。您是万民敬仰的国王陛下，愿上帝保佑您！"

"对呀！对呀！——就是这样！你放心，不用这么害怕，这里没有人敢伤害你，这里没有任何人不疼爱你呢！你现在好多了，你的恐惧过去了，是不是？现在你已经想起你自己的身份了吧？对不对？他们刚才说你把自己的名字忘记了，现在记得了吧？"

"禀告国王陛下，我刚才说的是真的，请您开恩相信我。因为我是您的百姓当中最卑微的，生来就是个穷乞丐，我是因为意外的不幸才进入宫殿来的，不过这事情并不是我的错。我现在就死，是有些太年轻了；您只要说一句话，就能让我活下去。啊，请您发发慈悲吧，陛下！"

"死？不要说这种不吉利的事，心爱的王子，你的大脑受了刺激，快清醒一下吧——怎么能叫你死呢？"

汤姆马上跪倒在地谢恩：

"陛下啊，您是这样明智，上帝定会保佑你，祝您万寿无疆，恩泽四方！"然后，他跳起来，满脸兴奋地转向那两个侍从喊道："你们听见没有？我不会死，这是皇上的御旨！"大家只是都毕恭毕敬地鞠了一躬，没有人动弹或者不说话。汤姆有点不知所措，迟疑了一会之后，他羞怯地转向国王说道："现在我可以离开吗？"

"离开？要是你想走，当然没问题。可是，你为何不再陪陪我呢？你准备到哪儿去?"

汤姆把头深埋,谦恭地回答说:

"可能是我误解了,可是您的确释放了我,所以我想回到那狗窝般的家里去了。我是在那儿生来就遭难的,不过毕竟有我的母亲和两个姐姐仍然在那儿,那总算是我的家。这里的奢侈我可是不大享受得了——啊,陛下,我求您让我回去吧!"

国王想了一会儿,没有回答,他脸上流露出越来越凝重的担忧和不安,接着他又说:

"也许他只在这一方面神志不清,谈谈别的事情,他的脑子大概就没有什么毛病吧? 愿上帝保佑,是这样才好! 让我们来试试吧。"国王的语气里含着几分哀求。

接着,国王用拉丁文问了汤姆一句话,汤姆也用生硬的拉丁文回答了他。国王很激动,而且露出了兴奋的神色。大臣和御医们也表示了肯定。国王说:

"虽然这与他所受的教育和智力还是不符合,可是足见他的心理不过只是有点小问题,并不是受了什么致命伤。你怎么看,大夫?"

一个御医深深地鞠了一躬,上前回答道:

"皇上圣明,小臣正是这样认为的。"

国王得到这番鼓励,更加兴奋,因为说这句话的御医是个经验非常丰富的名医,于是他又开心地继续说道:

"所有人都注意:我们再来检验他一下。"

他又用法文问了汤姆一个问题。在那么多眼睛的注视下,汤姆感觉很紧张,所以站在那儿停了一阵没有出声,然后才怯怯地说道:

"禀告陛下,我从未学过这种文字。"

国王往后跌在御床上。仆人们连忙过去扶他,可是他甩甩手示意他们走开,说道:

"不用害怕——我这不过是一阵血压上升才头昏。扶我起来! 是的,这就行了。到这儿来吧,孩子。好,把你那被伤害的头靠在你父亲的胸前,安静吧。你马上就会好的,这不过是一阵暂时的思维混乱罢了。你不要惊慌，你马上就会好起来的。"然后他转过脸去看着在场的人，他那温和的神情变了，眼睛里射出凶神恶煞的闪电似的光来，他说道：

"你们都给我记住！我这儿子是不正常，但是并不会一直这样。这是因为念书太劳累，还有点管制得太严格的原因。扔开他的书，辞去他的老师！你们赶快办理。让他好好地玩耍，想些好办法给他解闷，好叫他恢复理智。"他再把身子支起了一些，激动地继续说道："他疯了，可是他依旧是我的儿子，毕竟是英国的太子，不管他什么样，反正是要叫他继位的！你们记好了，我还要宣布：谁要敢把他有毛病的消息散布出去，那就会危及全国的治安和秩序，他必须上绞架！……给我拿点水来——我心里很乱，这桩伤心事对我打击太大了……喂，把杯子拿走……扶着我吧。对，就这样可以了。他疯了，对吗？即使他更加疯狂，他也还是太子，我这个国王永远承认他。就在明天，我要让他按照法定的程序就太子位。赫德福勋爵，马上把谕旨发布吧。"

贵族当中，有一位在御榻前跪下来禀告：

"陛下应当记得英国世袭大典礼官现在已经被剥夺了公权，囚禁在塔里。陛下似乎不应该让一个被剥夺了公权的人……"

"闭嘴！不许拿他那无耻的名字玷污我的耳朵。这样的人能永远活下去吗？我的谕旨难道要遭到阻碍吗？难道太子还要因为一个犯了叛国罪的典礼大臣的缺席，就延误他就位的大事吗？不，这是绝对行不通的！通知我的国会，通知他们，在明天日出之前让诺阜克上断头台，否则他们就要受到严厉的惩罚！"[①]

赫德福勋爵说：

"陛下的圣旨就是法律。"他说罢就站回到他原来的位置。

老国王渐渐不那么愤怒了，他说：

_____

[①] 诺阜克公爵死刑的宣布——国王很快就要寿终了，他唯恐诺阜克逃脱他的毒手，因此就送了一道谕旨到众议院去，表示希望他们赶快通过这个议案。他的借口是诺阜克挂着纹章局局长的头衔，必须另外任命一个人担任这个职务，以便在他的太子不久举行即位仪式时，负责主持大典。——休谟著《英国史》第3卷第307页——原注。

"给我一个吻，我的王子。喂……你有什么可担心的？我不就是你慈爱的父王吗？"

"伟大仁慈的国王陛下啊，您对我太仁慈，我真的不值得，这个我很明白。可是，可是，我想起那将要死的人就难受，我……"

"哈，你没变，你还是这样！我知道你的大脑虽然受了刺激，你的心地始终还是那么善良，因为你的天性向来是很仁慈的。只是这位公爵对你的前途是有妨碍的。我要另外找个不会玷污神圣职责的人来代替他。你大可放心吧，我的王子。你可不要担心这件事情，使你的脑筋受到妨碍。"

"可是国王陛下，这岂不是带他走上绝路吗？要不是为了我，他不是还可以生存下去吗？"

"不要为他牵挂，我的王子。他是不值得你这么在意的。再跟我亲吻一次，再去开玩笑、寻乐子吧，我的病使我非常难过啊。我累了，需要歇歇了。你跟赫德福舅舅和你的仆人们去吧，等我身体好转一些，你再过来吧。"

汤姆被人从国王面前带走了，他心里感到无比沉重，因为他本来抱有恢复自由的祈盼，可是国王最后的圣旨却把他这种祈盼彻底击碎。他再一次听见一阵阵若有若无的声音像苍蝇叫一样的声音："王子，王子来了！"

他在夹道迎送的那些服饰华丽的毕恭毕敬的朝臣们当中走过去的时候，心情陷入低谷了。因为他现在觉得自己完全成了一个俘虏，甚至永远要被拘束在这个金漆的笼子里，老做一个无依无靠的、举目无亲的王子，除非上帝了解他的苦难，让他恢复自由。

不管他走到哪个角落，他似乎总是看见那诺阜克大公爵被砍掉的脑袋和他那副难忘的面容在空中飘荡，他用仇恨的眼神盯着他。

从前，他的梦想是那么美好的，可是如今变为现实，却是多么的可怕啊！

第六章　汤姆习礼

　　大臣们把汤姆簇拥到那间最大的、陈列豪华的房间里，安置他坐下
——这是他觉得他不应该做的事情，因为他身边有些年长的和职位很高的
人。他请他们也坐下，可是他们只鞠躬致谢，或者低声地表示谢意，大家
仍旧站着。他本打算再请他们坐，他的"舅父"赫德福勋爵凑近他的耳
朵低声说：

　　"殿下，请您不要要求他们坐，他们在您面前坐下是不恰当的。"这
时候有人禀告圣约翰勋爵求见，他向汤姆鞠躬致敬，然后说道：

　　"臣奉皇上钦旨，差遣来此，有机密禀告王子殿下。能否请殿下命令
侍从人等暂行回避，仅留赫德福勋爵一人？"

　　赫德福发现汤姆好像不知所措，就用手势暗示；如果不想说话，完全
可以不开口。仆人和臣子们退出去之后，圣约翰勋爵说：

　　"皇上陛下圣谕，由于涉及国家安危，王子殿下全力隐瞒自己有病的
消息，等到身体安康，一切正常。殿下万万不可向任何人否认自己是真正
的王子、是王位继承人，同时必须保持王子的威仪，接受已经习惯的敬礼
和仪式，不可用语言或手势表示拒绝。王子由于操劳过度，以致损害健
康，影响了大脑的健全，因此不要妄自菲薄，今后务必注意，切莫失言。
王子对于一向熟识的面孔，应当尽力回忆——万一想不起来，也要保持沉
默，切勿显露诧异，或表现出其他显示遗忘的举动。凡关系国家大事，如
有不清楚之处，不知如何应对，或言谈不知如何措词，切勿显露慌张神
色，使多管闲事的旁观者看出破绽。凡遇这种情况，王子应接受赫德福勋
爵或小臣的意见。我等奉皇上旨令，为殿下随身效劳，直至陛下谕旨取消
时为止。皇上圣旨就是这样，小臣向王子殿下致意，并请求上帝赐福，使

殿下早日康复，健康平安。"

圣约翰勋爵躬身致敬，退到旁边站着。汤姆无可奈何地答道：

"皇上既然已发布圣旨，当然无人敢违抗，纵有困难，也不能随意敷衍了事。我一定会遵守。"

赫德福勋爵答道：

"既然皇上有命，王子殿下暂放下学习，别再做其他劳累之事，殿下不如多多游戏，来消遣时间，以免赴宴时感觉无趣，乃至伤了尊体。"

汤姆脸上现出了解的惊讶神色，他发现圣约翰勋爵用悲伤的眼神看着他的时候，就不由得脸红起来。勋爵说：

"殿下的记忆力仍旧不好，所以又显露了惊讶——不过殿下大可不必为这点小事郁闷，因为这种毛病是不会常在的，自然会随着疾病的痊愈而退去。赫德福勋爵说的是两个月之前皇上许诺让殿下亲临的京城盛宴，现在殿下想起了吗？"

"我很抱歉，不能不承认实在是没有印象了，"汤姆用吞吞吐吐的声调说着，脸又涨起来了。

这时候有人来禀告伊丽莎白公主和洁恩·格雷公主到了。两位爵士相互交换个颇有意味的眼神，赫德福立马向门口走去。当那两个年轻女孩子走过他身边时，他就悄悄嘱告她们说：

"公主们，请你们对王子的怪脾气装作没有察觉，他的记忆力不行的时候，你们也不要露出惊奇——每一桩鸡毛蒜皮的事情他都要思考半天，真叫人心里难受哩。"

与此同时，圣约翰勋爵贴着汤姆耳旁说道：

"殿下，请您切勿忘却国王陛下的愿望。您要全力回忆起一些事情——想不起来也要装出记得的样子。千万不要让她们发现您和过去有多大变化，因为您明白这两个姐姐心里对您多么关爱，要是得知您身体久佳，她们该会多么伤心。殿下，您愿意我时刻等候在您身边吗？——还有您的舅父？"

汤姆打了个手势，还悄悄说了个"好"字，以表示同意，因为他现在决定开始学着应付了，他那天真的心里已经作出决心，要尽力按照国王的命令来行事。

虽然大家都谨慎仔细，但谈话之中有时候仍然出现了一些拘窘。事实上，有好几次汤姆都几乎坚持不下去，几乎快要放弃了，可是伊丽莎白公主用她的机智给他下了台阶；再不然，那两位全力照应的勋爵之中就会有一位故意装作不经意说出的神气，插进一两句圆滑的话，也就会出现同样可观的效果。有一次，洁恩小公主转向汤姆问了这么一个使他措手不及的问题：

"亲爱的殿下，您今天给王后陛下请安了吗？"

汤姆呆了一阵没有回答，露出苦恼的神情，他正想随便应付一下，这时候圣约翰勋爵就机敏地插了嘴，代他回答了，他说得天衣无缝，表现出一个惯于应付紧急事件、善于随机应变的大臣的风度：

"公主，王子去请过安了，谈到皇上陛下的状况时，他还好好地说了一番安慰的话。是这样吗，殿下？"

汤姆嘟囔了一句什么话，大概是表示赞同，可是他觉得这实在是太考验胆量了。又过了一会儿之后，两位大臣说到汤姆暂时要下去读书，于是小公主就大喊道：

"这真是可惜，太可惜了！殿下本来学得很棒的。不过殿下大可放心，休息一些时候，一定不会耽误太久的。殿下那么智慧，一定还是博学多才，就像国王陛下一样，并且还会像他那样熟于各种文字。"

"我的父亲！"汤姆一时口不择言，又说错了话，"我想他连英语也说不清楚，只有在猪圈里打滚的猪才明白他的意思，至于说到什么才能的话……"

他抬头瞅了一下，看到圣约翰勋爵眼睛里有一种严肃的警告的眼光。

他止住了，又是满脸通红，然后闷闷不乐地低声继续说道："上帝啊，我的病又来害我啦，我又精神迷糊起来了。我并不是有意对国王陛下冒犯。"

"我们明白，殿下，"伊丽莎白公主以崇敬而又和气的态度，双手把她"弟弟"的手握起来，柔和地安慰，"关于这点，您大可不必焦虑。过错不在您，只怪您的病。"

"亲爱的公主，你真是性情善良、善于安慰人哩，"汤姆从内心深处感激地说，"我心里十分感动，愿意向你致谢，希望你不要怪我冒昧。"

有一次，那幼稚的洁恩小公主随口用简单的希腊语向汤姆说了一句什么。伊丽莎白公主那双锐利的眼睛马上就察觉到王子脸上那副不知所措的神情，知道洁恩小公主这一步走错了，于是她又帮王子的忙，从容地用流利的希腊话叽里哇啦地回答了她，随即把谈话扯开了。

时间愉快地飞驰，而且总的来说过得相当顺利。障碍越来越少了，汤姆越来越从容了，因为他看到大家都对他很照顾，一心一意来帮助他，并不在意他的错误。后来他听到那两位小公主愿意在那天晚上陪他同赴市长的宴会，他心里马上倍感放松，开心得跳起来，因为他觉得现在不必怕在那无数的陌生人当中没有朋友了。如果在一小时以前，知道她们要和他一同去，那就不免要使他感到无法逃避的恐惧了。

在这次交谈中，保护汤姆的两位勋爵不像其他两位公主那么心安。他们觉得那简直就像是在一条湍急的河流里驾驶一艘巨轮一般，他们心中老是七上八下，担惊受怕，感觉到他们的任务实在非同寻常。因此后来当那两位公主的会面即将结束的时候，有人来禀告吉尔福·杜德来勋爵拜见，这两位大臣不但认为他们所照顾的这个活宝已经忍无可忍，而且他们自己也没有精力来把他们那只船再驶回原处，再来提心掉胆地航行一次。所以他们就十分恭敬地劝汤姆找理由不接见杜德来勋爵，这正中汤姆心意，不过洁恩小公主听到那个华贵的年轻小贵族被挡驾，她脸上稍微露出了些许失望的表情。

这时候大家安静下来，这是一种有所期待的静默，汤姆却丝毫不明白它的意义。他向赫德福勋爵瞟了一眼，勋爵就给他打了一个手势，可是他连这个也不明白。头脑灵活的伊丽莎白又凭借她那与生俱来的机智态度给他解了围。她鞠了一个躬，说道：

"殿下可否允许我们姐妹告辞？"

汤姆说：

"当然，两位公主要求，我十分乐于同意，但眼看二位就此离去，不免心中不舍，只可惜我别无良策，不能继续挽留二位。祝二位晚安，愿上帝保佑你们!"随后他偷乐道:"幸好我在书本里和王子们相处过,才能模仿他们那种优雅的言谈,了解他们说话的一点习惯!"

那两位美艳的少女走了之后,汤姆劳累地转过脸去对着他那两个守护者说:

"请问两位勋爵,可否让我去找个安静的地方歇一会儿?"

赫德福勋爵说:

"启禀殿下,请你随时吩咐,臣等随叫随到。殿下理应休息,事关重大,因为您稍待片刻即须起驾进城。"

然后他拉了一下铃,马上就有一个仆人进来,他吩咐仆人去把威廉·赫柏特爵士请来。爵士立刻就来了,他把汤姆带到一个里面的房间。汤姆一进去,第一个动作就是伸手去拿一杯水,可是有一个身着绸缎和天鹅绒衣服的仆人却拿起杯子来,单膝跪下,把它用金托盘呈递给汤姆。

随后这个疲惫的俘虏坐了下来,正想拉下他的短统靴,同时有点害臊地瞟过眼睛去征得同意,可是另外一个穿着精美衣服的侍人同样又跪下来替他脱下了靴子。他又试了几次要想自己动手,可是每次都让他们替他干了,所以他终于放弃了他的尝试,只好无可奈何地叹了一口气,低声说:"真该死!我真不理解,他们为什么不干脆替我呼吸呢!"他被人穿好了睡鞋,披上了一件漂亮的睡袍,终于躺下来安歇了,却又不能睡着,因为他脑子里全部是各种想法,屋里的人实在太多了。他难以宣泄他的苦闷,所以那些念头就在他脑子里一直呆着。同时,他又不知道应该如何赶走那些人,所以他们也就在屋子里一直守候着,这使他很痛苦——他们也很晦气。

汤姆去休息后,就剩下他那两位称职的监护人在一起了。他俩想了一会儿,一面不停地摇头,还在屋子里走来走去,然后圣约翰勋爵说道:

"说老实话,您觉得怎样?"

"老实说,是这样:国王马上就快过世了,而我的外甥却得了病,疯子要荣登王位,疯子要统治天下。既然英国注定要这样,那就祈祷上帝保佑我们这个国家吧。"

"的确会是这样。可是……难道您没有怀疑吗,关于……关于……"

圣约翰勋爵停止了，他终于住了口，不说下去。他明显是感到有些为难。赫德福伯爵在他面前立住，用有神和真诚的眼神望着他的脸，然后说道：

"继续吧——这里除了我，就没有其它人听见。有什么事情值得怀疑？"

"我十分不应该把心里的话说出来，勋爵，您是他的亲人，我不便说。如果我的话有所冒犯，也只好请您谅解担待。您说这多么奇怪，疯癫居然能使他的举止和气质改变得这么多！他的言谈举止固然还是保留着王子的风采，可是有些无关紧要的小事，他的举动又和他从前的习惯实在是大相径庭。疯癫竟使他连国王的相貌都忘记了；他身边的人对他依例要遵行的礼仪，他也忘记得彻彻底底；还有，拉丁文他还有印象，而希腊文和法文他却都忘了，您说这怪不怪？勋爵，您不要怪我，还是请您给我解释得明白一些，好让我放心吧，我对您感激不尽。他自己说他不是王子，这事情老在我脑子里回绕，所以……"

"您快给我闭嘴！您说这些话是犯叛国罪的！您把国王的圣旨抛到脑后了？我要是听到您说这些话，您犯的罪也就会牵扯到我了。"

圣约翰脸无血色，连忙说道：

"我自愿承认我的罪过。请您不要告发我，请您救救我，给我这个机会吧，以后我会忘了这件事情、再也不提它了。您千万大人不记小人过，否则我就没命了。"

"我答应您，阁下。只要您答应不再犯如此错误，无论是当着我，或是跟其他人谈话的时候，您都忘记自己说过这些话吧。不过您完全可以放心。他是我姐姐的儿子。他的音容笑貌，我是从他睡在摇篮里的时候就开始熟悉的。您看见他那些奇怪的有些矛盾的举动，都可能是由疯癫所致，有时候还会更严重。您不记得吗，当年马雷老男爵发疯的时候，他竟然连自己那熟知了六十年的脸都忘记了，硬说成是别人的，甚至，他说自己是抹大拉的马利亚①的儿子，还说他的脑袋是用西班牙的玻璃做成的，还

_____

① 《新约》里所说的耶稣的忠实女信徒。

有，他还禁止任何人接触它，怕会有不小心的人把它打碎。好心的勋爵，您现在不必怀疑吧。这正是殿下，我心里很明白——不久他就会是您的皇上了。您把这个放在心里是会有好处的，总是想着这个，比您刚刚那些念头更好。"

他们又讨论了一阵，圣约翰勋爵再三表明，他现在的信心是有基础的了，决不会再被任何杂念扰乱了，借此掩饰他刚才所犯的罪过。随后赫德福勋爵就叫他这位同事先行歇息，他自己就坐下来守护王子。不久他也就思绪纷飞了。显然他想得越多，心里就越加郁闷。后来他就开始在屋里踱来踱去，自言自语地说：

"得了吧，他就是王子！难道还会有这种情况：英国有两个血缘不同、出身不同的男孩却和双胞胎一样相像天下会有这种怪异之事吗？而且即使有这种奇事；怎么居然还会有如此巧合的机遇，让互换位置呢？那种可能性基本不存在。不会的，这简直是愚昧的想法！太荒唐、太荒唐了！"

然后他又说：

"如果他是个骗子，假冒王子，那么也还可以理解，也还近于合情合理。可是世界上怎会有这么可笑的骗子，皇上承认他是王子，臣子们也称他为王子，人人都把他叫做王子，他本人却偏偏否认这个难得的身份，极力恳求声明他不是王子？不对！不管怎样，决不可能发生这种事！这肯定是，唯一的解释是真正的王子暂时的发了疯！"

第七章　汤姆的初次御餐

下午刚过一点钟，汤姆听天由命地受了一场活罪，由着别人把他装扮起来，准备御餐。他察觉到自己此刻还是穿得一如既往的讲究，只是一切都变了，从皱巴巴的领子一直到袜子，一切都不同了。他随即就被带领着气派地走进一个宽阔而漂亮的房间里，那儿已经准备好了一桌供他一个人吃的筵席。屋里的摆设都是纯黄金做成的，上面还刻着各种图案，因为这些图案都是本汶努图的杰作，从而几乎使这些物件成了无价之宝。那些衣饰豪华的仆人站了整整半个房间。餐前有一位牧师致了祷词。汤姆受惯了饥饿，非常贪嘴，他正想开始饱餐一顿，柏克莱伯爵却把他拦住了，给他颈上系了一条餐巾，因为专门负责皇太子的手巾的职位是由这位贵族世代世袭的。汤姆的司酒官也在场，每逢他想要倒酒，司酒就抢先给他斟上了。王子的试食官也没有缺席，时刻冒着被毒死的危险，受命尝食每一款可疑的菜肴。但这一次他不过是一个装点场面的人物，汤姆没功夫让他执行他的职务。可是在不久以前，试食官的职务还是有危险的，因此并不是一个受人追捧的显赫职位。那为什么不让狗或是流浪儿来冒险呢？这有些难以理解，但谁说皇家的一切作风不都是奇怪的呢？宫中第一侍从官达赛勋爵也站在一边，只有天知道他的工作是哪些，可是他既然在那儿——那就随他去吧。总膳司一直立在汤姆背后，受旁边的皇家事务大臣、御厨大总管指挥，照看王子进餐这一隆重仪式。另外，汤姆还有三百八十四个仆人，当然他们并不同时处于这间屋子里，连四分之一都不到，有意思的是汤姆根本还不知道他有那么多仆人呢。

所有在场的大臣和仆人们都在不到一个钟头以前受过非常严格的教导，要时刻记住王子暂时有些迷糊，不要在他有什么可笑举止的时候流露出惊讶。果然，这类"可笑举止"现在就在他们面前上演起来了，可是这只博来大家的怜惜和忧虑，而没有使他们任何一个人笑出来。他们目睹亲爱的王子变成这样，真是感到极为难过。

我们可怜的汤姆基本上是用手指吃饭，可是谁也不忍心笑他，甚至还装作视而不见的样子。他好奇地仔细瞅着他的餐巾，十分感兴趣，因为那是用很高档、很精致的材料做的，后来他无知地说道：

"请把这个拿开，免得我不注意的时候把它弄脏了。"

世袭的手巾大臣听话地把它拿开，他默默的，没有表示丝毫的反对。

汤姆兴致勃勃地把萝卜和莴笋细心地端详了一阵，然后问那是什么东西，是否是用来吃的，因为这两种菜从前都是作为罕见物从荷兰进口的，最近才有人开始在英国培育。① 他的问题有人非常详细地给他解答了，任何人都没有表示出任何惊讶。当他享受饭后的点心后，就在口袋里塞满了栗子，可是大家都装作对他这种不合体统的举动见怪不怪，谁也没有表示出吃惊。可是他自己反倒被这桩事情弄得惴惴不安了，而且表现出慌乱的神情。因为他用膳的时候，只有这件事情是别人让他亲手干的，所以他就发觉自己一定是做了一件极不端庄、极不合他王子身份的事情。想到这儿他的鼻子上的肌肉开始抽搐起来，鼻尖稍稍往上翘，并且皱起来了。这种情形没有改变，汤姆逐渐感受到越来越大的痛苦。他以哀求的眼神望望身边这个，又看看那个，眼睛里不由得流下泪来了。这些大臣们脸上都是慌张的神色，急忙走到王子面前，寻问他哪里不舒服。汤姆十分难受地说：

"请你们原谅，我的鼻子简直奇痒难忍。遇到此种紧急情况，依惯例应该怎么办？请快说，因为我实在不能坚持多久了。"

没有人笑，可是大家都不知所措，你看着我，我看着你，都为了急于要给王子想办法而苦恼。可是，哎，这可真是为难大家了，英国历史上从来没有相关事件可以帮助他们解决难题。掌礼官又不在场，没有人敢于在这漫无方向的大海上航行，擅作主张来解决如此重大的一个问题。真糟糕！只可惜没有一位世袭的挠痒大臣。就在这段时间里，汤姆的眼泪已经止不住了，开始顺着他的面颊上往下流了。他那扭曲的鼻子比以前更加迫切地需要解脱奇痒。最后还是本能超越了礼仪的束缚，汤姆亲自动手在鼻子上挠了挠，他暗自在心中祷告，如果他做错了，希望上帝能原谅他，如此一来，也就使他那些官员们紧张的心头重新获得了解脱。

这一顿饭结束以后，就有一位大臣进来，在汤姆面前端上一只大而浅的金盘子，里面盛着香气扑鼻的玫瑰水，特地用来给他漱口和洗手指，负责手巾的世袭大臣则等候在一旁，手里拿着一条餐巾侍候他使用。汤姆不

---

① 直到亨利八世在位的末年，英国才出产生菜、胡萝卜、水萝卜和其他根菜。原先所用的少量根菜都是从荷兰和法兰德斯输入的。凯赛琳皇后需要生菜的时候，不得不特派专差到那里去采办。——休谟著《英国史》第3卷第314页——原注。

知怎么办，瞪着眼睛看了看那只盘子，最后把它端到嘴边，一本正经地喝了一口。然后，他把盘子递给那侍候着的大官，说道：

"不行，阁下，我不喜欢它的味道，虽然这种酒味道很香，可是也太不像酒。"

王子的病态心理加上这种愚蠢的表现，弄得他身边的人都绝望了，可是这种不幸的情况却没有引起任何人发笑。

汤姆还有一个他没发觉的错误，那就是牧师在他椅子后面刚刚准备好，举起双手，闭上眼睛，抬起头来，将要开始祝福之时，他却起身离开了餐桌。可是大家只是装作没有看见王子干了什么不适当的事情。

随后，应我们这位小伙子的要求，他被引到他的房间里去了，陪送他的人把他一个人留在那儿，让他一个人安安定静的。那橡木壁板上的钩子上挂着一副发出金属光泽的钢制盔甲，一件件分开挂着，盔甲都用黄金镶着精致的漂亮图案。这套武士的甲胄是是属于我们真王子的——这是王后巴尔夫人不久前送他的礼物。汤姆穿上胫甲、臂铠和装饰着羽毛的头盔，还有他自己尽其所能穿上的其他各个部件，随后他就想要喊仆人来帮他把其余的部件都穿上。然后他又想到了吃饭的时候带回来放在口袋里的栗子，想想现在可以随便地拿出来吃了，又没有那一大堆人在场，也没有那些职能齐全的大臣们来帮他的忙、惹他讨厌，那该是多么享受，所以他就把那几件精致东西归还原处，然后就吃起栗子来了。这是他以为他有罪、被上帝罚他当王子以来，史无前例几乎感觉到无拘无束的快乐。栗子都享用完了之后，他就翻箱倒柜地在一个壁橱里发掘出了几本十分有趣的书，其中有一本是讲述英国宫廷的礼节的。这真是个好东西。他躺在一张豪华的长睡椅上，专心地开始研究礼节了。现在我们就留他在那儿一个人看书吧，暂时不再谈他吧。

第八章　御玺的问题

大约在下午五点钟左右，亨利八世从一阵别扭的午睡中苏醒过来，自言自语地嘟囔道："噩梦呀，噩梦呀！我算完了，从这些梦可以看得出。还有我的脉搏很弱，也足以应证了。"随后，他眼睛里放出邪恶的光来，恶恶着说："可是，我要叫'他'先丢了小命，然后我自己再死才行。"

他的侍从看见他已睡醒了，就有一个人禀告说，大法官在外面等候觐见，问他是否同意。

"让他进来，让他进来！"国王急忙地大声喊道。

大法官进来后跪在国王床前奏道：

"我已经把您的旨意颁布下去，现在上院的贵族们已按皇上圣旨，都穿着礼服，等待在上院的特别法庭里，他们在那里宣读了诺阜克公爵的死刑之后，正在静待陛下对此事进一步的指示。"

国王听了这个喜讯，很高兴，他脸上浮现出一种阴险的喜悦来，他说：

"扶我起来！我要亲自到上院去，亲手在死刑执行令上印上御玺，了结掉我这……"

他的声音断掉了，一片灰白的神色代替了他脸上的红晕。侍从们只好扶着他继续靠在枕头上，急忙拿些速效药来抢救他。国王一恢复过来，就伤心地说道：

"哎呀，这个时刻终于降临了，我盼望得太久了！哎，不幸呀，来得实在太晚了，我丢掉了这个想望已久的机会。可是你们要抓紧时间，你们一定要赶快！我既不能亲手解决这件痛快的事情，就交由你们去干吧。我要把御玺交付给几位大臣，你们快把管事的人选出来，替我去完成这件事。喂，赶快呀！不用再等一天，就要把他的头呈献给我看。"

"谨遵圣喻，臣等一定照办。可否请陛下将御玺交付予我，以便我赶快去办这件令人费解之事。"

"御玺！不是你在保管，难道还能在别人那里吗？"

"启禀陛下，两天以前您就要去了，您说非要您亲手用它解决诺阜克公爵，不许再拿它做其它事。"

"噢，我确实是这么讲了，我记得相当清楚……我是把它放到哪儿了？……我身体不行了……这些天来，我的记忆力也差了，专跟我过不去……真奇怪，真奇怪……"

国王言语不清地自言自语起来，间或有气无力地摇着他那发白的头，拼命地想要记起他把御玺放在哪里。最后赫德福勋爵冒险跪下来，禀告御玺的下落——

"陛下，请原谅我冒昧，我们都记得陛下把御玺让王子殿下保管，准备……"

"是的，就是这样！"国王粗鲁打断了他的话说，"快去拿来！快去！时光飞逝啊！"

赫德福勋爵飞奔到汤姆那儿，可是没一会儿他就空手而归，急急忙忙回到国王这里来。他说了下面这段话：

"陛下，我给您带来多么沉重和不幸的消息，真是抱歉。可是王子的病还未痊愈，天意如此，也没什么办法。他竟对于曾经接过御玺丝毫没印象。所以我赶紧回来禀报，因为如果在王子殿下巨大的居所和花厅里寻找，我认为那不仅浪费宝贵的时间，而且还毫无……"

伯爵还未讲完，国王痛苦地哼了一声，把他的话打断了。一阵沉默后，国王陛下才以饱含深愁的语气说道：

"不要再去麻烦他了，我那可怜的孩子。上帝在让他赎罪，我心里对他十分心痛，只可惜我这饱经忧患的已经没力气的肩头不能替他承担罪孽的重担，使他摆脱惩罚。"

他闭上眼睛，念叨了一阵，忽然又沉默了。又过了一会儿工夫，他又突然睁开眼睛，恍惚地向周围看了看，后来他一眼瞟见了跪着的大法官，立刻就怒不可遏地涨红着脸斥责他：

"怎么？你怎么没滚？我现在发誓，你如果不想方设法干掉那个叛徒，你自己的脑袋明天也会离开你，你的帽子也就作废了！"吓得颤抖的大法官乞求道：

"皇上圣明，小臣请求陛下放过我！小臣是在此等候御玺的。"

"呸！你疯了吗？我过去经常随身携带的那颗小御玺此刻正在我宝库里等候着呢。大御玺既然不在了，就用小的不行吗？你疯了吗？快滚！你记住！不把他的头带来，休想再进宫门！"

吓坏了的大法官飞快地离开了这个地狱。被推选处理这件案子的大臣们也匆匆奉御旨去批准那胆小如鼠的国会表决的办法，决定明日就执行英国上等贵族、可怜的诺阜克公爵的死刑。①

第九章　河上的盛况

晚上九点时，皇宫前面整条河滨马路上都是一片灯火通明的景象。河里向着城内那一边，凡视线内，水面上都挤满了各式各样的船，船边上都挂着彩色大灯笼，在水面上轻轻地摇荡着，看去就好像是一片无穷无尽的百花齐放的花园在夏天的清风之中微微摇动一般。那一直通到河边的华丽的石阶，宽大得足以能够放下一个日耳曼公国的军队在上面列队。此时那上面站着一排一排的穿着威武的盔甲的皇家禁军，还有无数打扮得非常漂

---

① 诺阜克褫夺公权的议案——贵族院对犯人不加调查，也不经审判，不问证据，就通过了褫夺他的公权的议案，并将这个议案送交众议院……唯命是从的众议院顺从了国王的意旨，国王吩咐事务官批上御旨钦准，就发布了命令，定于一月二十九日（即次日）上午执行诺阜克的死刑。——休谟著《英国史》第3卷第306页——原注。

亮的仆人来回跑动，人来人往，忙着张罗这件大事，这真是一个热闹情景。

随之有一道圣旨传达下来，马上，一切人都从石阶上迅速消失了，于是空气中就飘荡着焦急和期待的寂静气氛。如果有人看一下，就可以看见那些船上所有人都站立起来了，大家都用手在眼睛上面搭起凉棚以阻止强烈光线，向皇宫那边望去。

四五十只华丽的御艇列队前进，向石阶慢慢靠拢。这些壮丽的大游艇都镀着富丽堂皇的金色，它们那朝天翘起的船头和船尾都雕刻着漂亮的花纹。有几艘船上还飘扬着旗幡，另有几艘挂着用金丝织的锦旗和绣着图案的花帷，还有些船上竖着绸子的旗帜，旗上系着无数小银铃，在微风之中发出一阵阵悦耳的声音，不仅如此，还有一些更具规模的船，这是属于那些侍候在王子身边的贵族所有的，两旁都装有盾牌护卫着，盾牌上还刻着华丽的图案。每只御艇都用一只动力艇拖着航行。这些动力艇上不仅有划船的船员，而且每一只上面都载着一些顶着钢盔、身披胸甲的禁军兵士，另外还配备一队乐师。

等候已久的游行队列的开路者这时候在大门口终于出现了，那是一队禁军。他们身穿黑茶两色相间的条纹裤子，头戴两边镶着银色玫瑰花的天鹅绒帽子，穿着红蓝相间的紧身上衣，前后都插着三根用金丝编织的羽毛，象征王子的印章。裹着深红色天鹅绒的长戟柄，用镀金的钉子加固，还用金黄色的穗子点缀着。他们向左右两边分成两列前进，连接成了两列很长的单行，一直从宫殿的大门口延续到河边。

然后出场的是王子的侍仆，身穿金、红两色相间的装束，把一幅带条纹的厚厚的地毯展开，铺在这两排禁兵之间。准备完了之后，在宫殿里面就响起了一阵号角声。船中的乐师们又奏了一个活力十足的前奏曲。于是有两个手持白色指挥棒的指挥从宫门口迈着缓慢而庄重的步子出来了。他们后面跟着一个握着权杖的官员，他背后又出场一个手持尚方宝剑的官员；再后面跟着京师卫队中的几位军士，他们都是全副武装、袖子上都配着臂章的；随后是身穿官服的嘉德纹章局长，接下来是几个巴斯级的骑士，每人袖子上都系了一条白丝带，紧随他们后面的是他们的随从；接下来是穿着红袍、戴着白帽的法官；后面是英国大法官，他穿着暗红色的礼服，衣服前襟敞开，镶着白毛皮的边；紧跟着是穿红袍的京都市参议会代表团，然后是身着礼服的各个市民众团体的代表。跟在他们后面的是十二位法国贵族的仆人，他们穿的华贵礼服是白色锦缎配以金线的夹衣、镶着蓝紫色线鲜红的天鹅绒的短斗篷和浅红色的灯笼裤，他们顺着石阶往下走。这十二位是法国驻英大使的仆人，他们后面跟着十二个穿着黑色礼服的西班牙大使的随从骑士。跟在这些人后面出场的是几位英国大贵族，还带着他们各自的仆人。

宫里又是一阵号声，王子的舅父、不久后的摄政王桑莫赛大公爵从大门里出来了，他穿着黑底子金色绸质的紧身衣，外面披着深红色缎子长袍，绣着金花，还用银色的线镶边。他转过身去，摘下那插着羽毛的帽子，毕恭毕敬地弯下身去，一点点往后退，一步一个鞠躬礼。

接着响起了很长的号声和一声命令："马上回避！太子爱德华殿下驾到！"宫殿的外围高处有一长排明亮的火舌随着一声雷鸣般的炮响向前跳动，河边聚集的人群轰轰地发出一浪高过一浪的呼喊声。这一宏大的场面的主角汤姆·康第登场了，他只是轻轻地把他那高贵的头点了一下向臣子们示意。

王子身着一件华丽的白缎子紧身衣，胸前是一块紫色的金丝缎，那上面缝着许多稀罕的宝石，镶着貂皮的边。他身上披着一件白底金丝缎的华丽斗篷，斗篷顶上插着一个三根翎毛，里子镶的是蓝色丝绸，斗篷上点缀着珍珠和宝石，前面用一个钻石别针固定着。

王子胸前挂着嘉德勋章①和几个异国的王子勋章。只要有光线射到他身上的任何角落，都有宝石反射出令人晕眩的光芒。啊，汤姆·康第，他这个从垃圾大院小破房子里走出来的小可怜，在伦敦的贫民窟里生活，一直和破烂、肮脏、不幸结下了不解之缘，瞧瞧现在，他却是多么的显赫啊！

---

① 嘉德勋章是英国的最高勋章。

第十章　落难的王子

我们之前说到约翰·康第拖着不折不扣的王子往垃圾大院里走去，后面跟着一群吵吵嚷嚷、幸灾乐祸的愚民，其中只有一个人替这个被拖着走的孩子求情，可是没人搭理他，大家吵嚷得乱七八糟，他的声音也没有人在乎。王子不停地挣扎，渴求能够脱身，并且对他所遭受的侮辱火冒三丈。到了后来，约翰·康第忍无可忍了，他狂怒了，把他那根橡木棍高举到王子上方。前面那个为王子说情的好心人匆匆跑过去抓住约翰的手臂，于是打下来的第一棍就落在这个人的手腕上了。约翰狂吼道：

"你敢来管我的事，我就叫你尝尝我的厉害！"

随即他的棍子往那好心人头上狠狠地打了下去，紧接着一声惨叫，那个好心人就倒了下去，但是无所事事的人群拥挤着约翰往前走，他们的心情一点也没有因这场小插曲而受到影响，于是乎，在他们涌过去的路上，唯有那失去知觉的好心人孤独地躺在地上。

随后，王子意识到他已经到了约翰·康第的狗窝中。约翰关上了门，把那群看热闹的人关在门外。王子借助那支插在瓶子里的蜡烛的昏暗光线看出了这个令人反胃的狗窝的大致轮廓，也看出了狗窝中那些人的模样：两个脏兮兮的女孩子和一个中年妇女蜷缩在一个墙角里发抖，她们的样子就像几只饱经摧残的动物，现在也正在恐惧地等待着虐待。在另一个角落里，站着衰老的母夜叉披散着一头灰发，瞪着一双凶恶的眼睛，无声无息地走过来。约翰·康第对她说：

"停！这儿有一出怪有意思的演出。您别打搅，先开开心再说，完了之后，您随便怎么使劲打都可以。喂，站过来吧，小兔崽子！你把你那句疯话再说一次。先说说你叫什么吧，你叫什么？"

　　因受辱，愤怒的血液又涌到王子脸上来了，他仰起头来，狠狠地注视着约翰的脸上说道：

　　"像你这种贱人居然敢吩咐我说话，真是冒犯了。刚才我就对你说过，现在重复一遍吧：我就是本国的皇太子爱德华，不是你的儿子。"

　　这几句话惊得那母夜叉傻傻地呆立在原地，好像脚底下钉了钉子一样，她几乎都不会呼吸了。她瞪大眼睛看着王子，如木头般的站在那里无话可说，这却使她那坏蛋儿子颇为开心，他发出了一连串响亮的阴森的笑声。可是汤姆·康第的母亲和他的两个姐姐的反应却相反。她们害怕汤姆被揍的害怕心理立刻就变为另一种痛苦了。她们脸上满是悲痛和惊慌的神色，赶紧跑向前去喊道：

　　"啊，不幸的汤姆，可怜的孩子！"

　　母亲在王子面前跪下，把手搭在他肩上，眼眶里充盈着泪，爱怜地注视着他的脸，然后她低声说：

　　"啊，可怜的汤姆！你呆头呆脑地念那些书念傻了，终归遭了殃，让自己发疯了。哎，我早就警告过你，叫你不要读了，你却为什么偏不听呢？你快要把妈妈的心伤透了。"

　　王子盯着她的脸，柔柔地说：

　　"善良的夫人，你的儿子没有毛病，也没有发疯，你放心吧！他现在皇宫里，如果你能送我返回我的王宫，我的父王马上就会将汤姆带到你身边。"

　　"你说现在的陛下是你的父亲呀！啊，我的孩子！使不得啊，你这句话可以给你带来致命的惩罚，连我们也会遭殃。你清醒清醒吧，别再做这么吓人的梦了。把你那颗可悲的疯狂的心收回来，想想过去的事情呀。看看我啊，难道说，我不是生你和爱你的妈妈吗？"

　　王子摇摇头，很不好意思地说：

　　"上帝知道我不是有意伤你的心，可是我真的是从来不认识你哩。"

　　那女人蒙住了，往后便倒，跌坐到地板上，她把双手遮住脸，不由得伤心地嚎啕起来。

　　"让这出戏继续进行吧！"约翰大声骂道，"怎么啦？南恩！还有，白特！没教养的笨蛋！你们怎么胆敢在王子面前站着？还不跪下！你们这些穷骨头，快给王子行礼！"

他说完之后又狂笑了半天。两个女孩子开始恐惧地替她们的弟弟求情，南恩说：

"爸爸，您如果允许他去睡觉，他只要歇歇好了，睡上一觉，疯病就会消失了。求求您，让他睡吧。"

"让他睡吧，爸爸，"白特也肯求说，"他今天比以前更劳累哩。明天他的精神就恢复了，他一定会努力地去乞讨，不会再空手而归的。"

这句话使她的父亲情绪正常，不再穷开心了。他认真琢磨起了事情，于是他扭头来看着王子，很愤怒地告诉他说：

"明天咱们必须要给这个破屋子的主人两个便士。两个便士！给我记住——这些钱是给他作半年租金的，否则全家就得滚蛋。你这懒骨头，出去整整一天，到底讨到多少钱，全给我交出来吧！"

王子说：

"你不要说这些可恶的事情让我发火吧。我再警告你一遍，这里站着的是你们的王子。"

"啪"的一声，约翰用他宽大的手掌在王子肩膀上拍了一掌，把他打得直晃荡，倒在康第大娘怀里，她就把他紧紧拥住，用自己的身子护着他，阻挡约翰雨点般的拳头和巴掌。

那两个女孩子吓得逃到她们的角落里去了，但是无耻的祖母却匆匆地走上前来。约翰大妈护着她可怜的孩子。王子从她怀里挣扎出来，大声说道：

"你不必替我受罪，太太。让这两个无耻之徒在我一人身上尽量发泄吧。"

这句话更让那两个畜生疯狂，他们更用力地打起来。两个人拳打脚踢，把那孩子痛打了一顿，然后又打那两个女孩和他们的母亲，因为她们不该对那可怜的孩子表示怜悯。

"好吧，"约翰说，"可以去睡觉了。你们可把老子累坏了！"

然后就熄了蜡烛，全家都休息了。他和他母亲响亮的鼾声表明他们已经睡得很沉了，那两个女孩子摸到王子躺着的地方，悄悄地把干草和破棉絮盖在他身上，让他暖和一点。她们的母亲也凑过去，抚摸他的头发，心疼地哭了起来，又贴着他的耳朵悄悄地说了些安慰和心疼的话。她还给他偷偷拿了一点吃的东西。可是这孩子实在太痛苦了，就几乎没有食欲了——起码面对这肮脏的干面包皮是没有食欲的。他为了她那样拼命地保护他，为了她对他的照顾而感动。于是他用很高贵的、王子派头十足的语气向她道谢，请她去睡觉，把她的烦恼忘掉。此外他还说，他的父王会报答她真诚的善良和热忱，一定会重重地赏赐她。听到他这样再次发"疯病"，她更加痛苦，于是她又一次把他用力地在怀里亲吻着，才伤心失落的回到她的"床上"去了。

当她躺着不知怎么办的时候，她心里暗自思忖着，她想这个孩子是否疯了，总之有一种汤姆·康第所不具有的、不可形容的特点。她不明白这个特点，也说不出是什么，可是她那母性的本能似乎可以洞察出一些什么。如果这孩子果真不是她自己的儿子，后果怎样？啊，真是胡思乱想！她虽然既烦躁，又痛苦，可是她想到这里还是偷偷地高兴了。虽然如此，她还是觉得这个想法不肯"甘休"，偏要盘旋在她脑子里转个不停。它呼唤着她，折磨着她，占据着她的心，不让她忘记或置之不理。最终，她办到了：她一定想出一个验证的方法来，能明明白白、毫无置疑地证实这个孩子到底是不是她的儿子，借此打消那些恼人的困惑，否则她那心里就永远也不会放下。哈！对啦！这才是解决烦恼的根本！因此，她努力想着，要想出一个验证的方法来。可是什么都是想着容易，行动起来难。她脑子快速地转着，考虑了无数种可能灵验的方法，可是最终又把它们通通取消——因为没有一个是绝对可行的，而一个不太周全的方法又不能使她满意。她显然是绞尽脑汁——她似乎是很坚定地要放弃这个计划。当她想到这种失望时，耳朵里忽然听到那孩子均匀的呼吸声，所以判断他已经睡熟了。她突然听到均匀的出气声被一种轻微的惊叫声所打断，这种喊叫是做噩梦的人才会发出来的。这不经意间的发现马上给她提供了一个非常好的办法，比她刚才所想的所有方法好一万倍。她立刻就兴奋地可又悄悄地把蜡烛再点着，一面低声自语道，"刚才他说梦话的时候，我要是在他身边，那事实就清楚了！自从他小时候看到火药在他面前爆炸了之后开始，他只要是从梦中惊醒，或是集中精力时被惊醒，他就老是拿手挡在眼睛前面，就像他那天一样，但是，他伸出手的动作和别人都不一样，他不是把手掌向里，而是让它朝向外面——我时常看到，一直保持着，也没有改变过。不错，真相马上就可以弄清楚了！"

此时她掩盖着蜡烛的光，悄悄地爬到可怜的孩子身边。她慢慢地朝他弯下腰去，抑制着激动的心情，屏住了呼吸，然后她突然把蜡烛的光打在孩子的脸上，又谨慎地在他耳边用手指敲着地板。孩子慌张地瞪大眼睛向四周看着——但手都毫无反应！

这可怜的女人突然感到失落的痛苦，大脑一下空白了，可是她极力掩埋她的无助，依然拍孩子入睡。接着，她悄悄地爬到一边，很失望地暗自悲伤这次试验的不幸的结果。她逼近自己相信那是汤姆的精神错乱让他忘记了那个动作，可是真的不行。"不对，"她说，"他并没有疯，更不可能这么快就改掉这么长久的老习惯。啊，这真是个叫我痛苦的日子！"

但是现在她还是不肯放弃希望，正像她原来怀疑那样。她不想也不愿接受这个方法的结果，她一定要再试一次——这次的失败可能只是碰巧，所以她很快地又再一次把那孩子从睡梦中搅醒——结果还是一样让她失望——然后她无力地回到"床上"，失望地睡着了。她临睡时依旧默念着："可是我做不到放弃他啊，不行，我办不到！我不能——他肯定是我的孩子！"

后来王子因为没有被这天真的母亲打搅，他的痛楚也渐渐失去了意识，于是极度的疲劳终于封住了他的眼睛，使他安然地入睡了。时间很快地过去了，他仍旧睡得很安稳。又过了四五个小时。然后他的睡意慢慢减轻。不久这孩子迷迷糊糊中模糊地喊道：

"威廉爵士！"

过了一会又叫道：

"嗬！威廉·赫伯特爵士！你过来，给你讲一个奇怪的梦，真的很怪异……威廉爵士！你知道吗？嗨，我认为我变成一个叫化子哩，对了……嗬，听着！卫队！威廉爵士！发生什么了！竟然上个宫中侍从官都不在这里吗？哎呀，这些人真让人生气……"

"你怎么了？"他身边有人轻轻地问道，"你说什么？"

"我在叫威廉·赫伯特爵士。你是谁？"

"我？我是你的姐姐南恩，还能有谁？啊，天啊，我忘了！你还在发疯哪——可怜的孩子，你什么时候才能清醒，我还不如一直睡着，这样我就不会听到你这些疯话了！可是，你不要再乱说，否则，我们又要挨揍，又要被狠狠打！"

睡梦中的王子猛地翻身坐起来，突然身上传来一阵剧痛，使他马上清醒过来，于是他就在那乱乱的干草、烂棉絮上胡乱躺倒，一边挣扎，一边不由自主地叫道：

"糟糕，原来梦是真的呀！"

很快的，被梦境掩盖了的悲伤和苦痛又浸入心头，他发觉他早就不是宫中的一个娇生惯养的、为所有人羡慕的尊敬的王子，而是变成了一个邋遢的小乞丐、小叫化，一个关在猪圈里的囚犯，跟最下等的人搅和在一起了。

伴随着痛苦，他听到外面有奇怪的喊声，好像是很近的距离。再过了一会儿，门口响起了重重的敲门声；约翰·康第从睡梦中惊醒，发问道：

"谁呀？什么事？"

有一个声音回答：

"你知不知道你昨晚上都干了什么？"

"我不知道！和你更没关系！"

"恐怕你马上就不这样想了。你要是还想活命，除了逃跑就只能等死了。你打的那个人已经死了。他可是安德鲁神父！"

"太可怕了！"约翰惊叫了一声。他把全家人都叫醒，惊惶失措地喊道："你们快给我逃命吧！否则，就待在这儿等死！"

五分钟都没用了，康第全家人就仓皇地逃到了街上。约翰·康第抓住王子的手腕，拖着他在狭窄的路上奔跑，同时还恶狠狠地告诉：

"你这个智障儿，千万不准乱说，也别说出咱们是谁。我们要换个新名字，叫衙门里那些狗东西永远不知道我在哪。可不许胡说呀，我告诉你!"

他又凶残地对家里其他人说:

"如果咱们分开了,就到伦敦桥上集合,谁先到了桥上尽头的那家麻布店那儿,就站在那里别动,接着咱们就一同逃到南市去。"

这时候,他们突然从黑暗中冲出来,跑到了一个明亮的地方,而且是聚集在河边上唱歌、跳舞和叫嚷的拥挤的人群当中。放眼看去,只看见泰晤士河的下游岸边一片明亮,伦敦桥也被灯光照得如同白昼,南市桥也是一样,整个的河上都被迷幻的彩色灯光照得通红,花炮不断地点燃,使天空到处是鲜艳、美丽的光辉和流星般的炫眼的火花,把黑夜照亮得如同白天。到处都是狂欢的人群,伦敦全城似乎沸腾了一般。

约翰·康第懊恼地跺了一下脚,命令撤退,可是为时已晚。他和他全家人被那拥挤的人群所淹没,马上就无奈地被冲散了。虽然王子并不是他家里的一员。约翰仍旧揪住他没有放手。王子的心此时因有了脱逃的希望激动不已。约翰用力地挤,企图从人群中突围,于是他粗鲁地把一个身材魁梧的水手差点挤倒,这个水手可能是喝醉了酒,情绪很激昂,他伸出一只大手用力地按在约翰的肩膀上说:

"嘿,伙计,干什么这么匆忙,想上哪儿去?所有好心的人都在尽情的狂欢庆贺,难道你心里还在盘算那些下贱的事情吗?"

"关你什么事,与你无关!"约翰凶狠地回答道,"你松开手,让我过去!"

"你不像个好人,我是不会让你过去,你必须喝酒给太子庆贺!"那水手强硬地拦住他的去路说道。

"好吧,把酒杯给我吧,快点儿!"

这时候周围的人也对他们凑过来了,大家喊道:

"拿大杯子来,拿大杯子来!叫这个讨厌的人喝大杯子,否则,咱们就把他扔到河里去喂鱼!"

接着有人拿来一只宛若鱼缸的巨杯,那水手用一只手紧紧抓住酒杯的一边把柄,另一只手捏着一条想像中才有的餐巾,按照标准的古礼把爱杯递给约翰,约翰同样要按照传统的方式用一只手握住酒杯另一边的把手,另一只手掀开杯盖。① 于是就使王子暂时被松开了。他抓住机会，马上就往身边那些密密麻麻的人腿当中一钻，然后不见了。很快地，他就消失在那动荡的人海里。找到他的机会，就像从大西洋里捞一根针，几乎不可能了。

王子很快就看清了现状，紧接着就考虑他自己的事情，再也不往约翰·康身上想了。此外，他还立刻地明白了一桩事情，那就是，有一人在冒充着他自己，正在和京城臣民同乐。他很清楚地知道那就是乞丐汤姆·康第故意利用这难得的机会，成了一个假冒的太子。

因此王子只有一种选择——找到市会厅②去，公布自己的身份，揭穿假太子。他还在心里打定了主意，让汤姆慢慢地忏悔祈祷，然后依据当时惩治叛国罪的刑法，把他处以绞刑，然后挖出肝脏，肢解尸体。

第十一章　市会厅的盛会

御船由一队壮观的游艇保护着，庄严隆重地从很多的华丽的船只中穿过，沿着泰晤士河往下行。空中伴随着音乐，河边到处燃放着灿烂的焰火，千万个灯火把天空映得通明，城内就笼罩在它们欢腾的气氛之中。城市的上空隐约闪现的尖塔，上面都镶嵌着闪烁的灯笼，一眼望去，它们就好像悬挂在天空的镶着宝石的吊灯一般。那队御艇飞奔而过的时候，两岸

---

① 爱杯——爱杯和使用它喝酒时所遵守的特殊仪式都比英国历史还更古老。据大家推测，两者都是由丹麦传人英国的。就我们所知，英国人在宴会上一向有用爱杯饮酒的习惯。据传说，使用爱杯的仪式是这样解释的：在那野蛮的古代，人们认为规定要饮酒的双方都用双手捧杯，是一种明智的预防，借此可以避免一方向对方表示敬爱和忠诚的时候，对方就乘机将短剑刺杀敬酒的人！——原注。

② 市会厅是伦敦市举行各种盛大集会的公共会场。

充斥着大声欢呼和不停绽放的缤纷的火焰以及兴奋的人群表示着对船上人物的尊敬之情。

汤姆·康第靠在那些绸缎做的腰枕当中，差不多就看不到他的人了，在他心里，欢呼的人群和这番盛况实在是一种难以名状的庄严和惊人的震撼。但是和他一起的两位小女孩伊丽莎白公主和洁恩·格雷公主认为，这一切都没什么。

浩荡的御船到了杜乌门之后，就被拖着驶进了清澈的华尔河（这条河已被一大片房屋遮蔽，有两个世纪之久了），然后到巴克勒斯伯里，沿岸上的一些房屋和桥梁都挤满了庆祝的人，而且都点着闪烁的灯火，船队终于停在伦敦老城中的一处航道中。这就是现在的御船场所在地了。汤姆下了船，他和护驾的威武的卫士一队穿过契普赛街，再庄严地走过老犹太街和碑信浩街，就到了市会厅。

汤姆和那两位小公主都打扮得高贵、优雅，由伦敦市长和官员们按照传统标准礼仪出来迎接，再由传令官带领，沿途报告太子驾到，并且有侍卫拿着权标和宝剑在前面开道，引着他们到大会厅上首的一个精美标致的华盖下面。侍奉王子和小公主的随从官和宫女都在他们的座位后面排开。

在邻近的一桌席上，主要官员和一些贵宾同首都的达官显贵一块坐下，议员们都在大厅当中的宴席上坐下了。那受人敬仰的伦敦城守护神，巨人戈格和麦戈梧，肃目地注视着他们下面这一番盛况，他们的眼睛已经长时间习惯了这重复上演的一幕了。随后一声号响，紧接着就有人传令，于是一个圆嘟嘟的膳司从大厅左侧墙里出现，后面跟着他的属下们，很是严肃地抬着一盆香喷喷、热气腾腾即将要被吃掉的御餐牛腰肉来。

祈祷谢饭结束，汤姆就站起来（这是随侍的大臣让他这样做的）——全厅的人肃然起立——他和伊丽莎白公主从一只金质大爱杯里品了一口酒，接着把酒杯传给了洁恩公主，然后从她那里传给全体在座的人都喝了一遍。御宴就可以开始了。

半夜里，宴饮的气氛到了高潮。因为出现了当时大为震惊的生动场面之一。亲眼看到这场宴会的一位史官留下了一段完整的记载，它是这样写的：

　　"大厅挪出了一片空地，跟着进来一位男爵和一位伯爵，他们身着土耳其的服装，外面披着金黄色的大袍，头顶艳红色天鹅绒帽子，上面还镶嵌着金丝缎的大卷边，还佩戴着两把名叫偃月刀的剑，都裹着金色的大丝带。随后又是一位男爵和一位伯爵，他们穿着俄国式样的衣服，黄缎长袍，上面系着白缎子的横条，每条白色缎带上还系着一条大红缎带，头戴灰色皮帽，他们每人的手里握着一把斧头，靴子前头竖着一个一英尺长的尖头。接着又进来了一位骑士，然后又是海军高官，还有五个贵族和他同来，他们穿的是深红色天鹅绒的紧身衣，脖子裸露着，胸前佩戴着银色丝带，紧身衣外披着大红缎的短袍，头上戴非常华丽的帽子，上面插着野鸡羽毛。他们是按着普鲁士的风格打扮的。里边大约有一百个的火炬手穿着鲜艳的缎子的衣服，像摩尔人那样，黑嘟嘟的脸。他们后面是一个演哑剧的人。然后华丽的演员们跳起舞来，侍从和宫女们也跟着跳舞，那真是叫人难忘的场面。"

　　汤姆陶醉地坐在上位，观看着热闹非凡的舞蹈，出神地望着下面那些华丽的人疯狂的旋转着，呈现出由那种夺目的七彩缤纷混成一团的美景。正在此时，那可怜落魄的真正的太子却在市会厅门口宣布他的身份和不幸的遭遇，他揭露了那个冒充的太子，拼命地往里闯！外面的人群对他的吵闹非常感兴趣，大家蜂拥而至，略带讽刺地看这个小捣乱鬼。然后他们就开始辱骂和嘲笑他，故意惹得他更加生气，让他们取乐。愤恨的泪水流出了眼眶，可是他仍然坚持，用真正的太子气派反抗着周围的嘲笑。跟着又是一阵辱骂，他们又一次伤害着他，于是他大声喝道：

　　"再次警告你们，你们这些愚蠢的奴才，我才是太子！我现在只是孤独一人，没有人给我证明，或是在我遭难时支持我，可是我决不会被你们这些人赶走，我要坚持到底！"

　　"不管你是谁，都无所谓，你的确是个有骨气的孩子，而且也不孤独！我就站在你这边，我相信你这句话是真的。听我说，我迈尔斯·亨顿与你做个朋友虽然没什么了不起的，但是你用不着感到无助。你且不用再争辩了，孩子，就这些下贱的小畜生们所说的话，就如同一个本地人说的一样。"

　　说话的人的穿着、语言和动作都表明他是个落魄贵族。他身体健壮、魁梧有力，他的紧身衣和大脚短裤都是用上等的衣料做的，只是已经褪了色，都要露出底边，那上面镶的金丝带也要磨掉了；他的皱领已经歪七扭八，还破了；他卷边帽上插的翎毛也断了，显出落魄贵族的寒酸相；他腰间佩着一把轻巧细长的剑，装在一只锈了的铁鞘里；他那曾经高贵的派头却又表现出他是个很轻浮的风尘人物。这个疯狂人物所说的话遭到一阵嘈杂的辱骂和耻笑。有人喊道："又来一个乔装的王子！""当心点，别乱说，朋友，也许他就是真的！""就是啊，看他那穿着的确如此——瞧，那双眼睛！""把那孩子拖过来吧，把这小家伙丢到洗马池里去！"

　　立刻就有人着手行动，伸手去抓王子，那位陌生人反应很迅速，他顷刻就把剑攥在手中，用剑面用力地猛敲了一下，那惹事的人就躺在地上了。随着周围的人大声嚷道："揍死这个狗东西！打他！打他！"一大群暴徒向这位青年逼近，他被迫靠着墙站着，像个疯子似的向周围乱舞他的长剑。挨了剑的人一个个被击退，可是暴徒们仍然不罢休地从那些被踩在地的人身上继续冲上来，张狂地向这位勇士猛冲。他好像有点支撑不住了，眼看性命难保，恰巧这时候，忽然响起了号声，有人喊道："全部退开，国王的传令官来了！"接着一队骑兵向这些人急冲过来，他们赶紧逃开，十分迅速。借此机会，那勇敢的陌生人把王子抱在怀里，猛地冲出人群，远离险境了。

　　我们现在看看那个假王子吧。突然有一阵响亮的号声淹没了在人们吵闹杂乱的欢叫声中暴发出的震天欢呼声。大家立刻停止了，一点声音都听不到了。只听到有一个人高声说道——那是皇宫里派来的传令官——他开始大声地念一道谕旨，所有的人立刻严整以待。最后的一句话念得很沉重，那就是：

　　"皇上驾崩了！"

　　全场的人一致低头无语，大家极其沉默，持续了几分钟之后全体跪下，向汤姆伸出手去，发出整齐的呼声：

　　"吾皇万岁！"这声音似乎穿透了整个城市。

可怜的汤姆看着这瞬间变化的场面，只能把他那双迷乱的眼睛四处张望，然后他蔼然地向那跪在他身边的两位公主看了一会儿，最后又转向赫德福勋爵。他像是想到了什么，脸上也就浮现了激动的神色。他贴近赫德福勋爵，低声说道：

"请你诚恳一点，真挚地回答我！我想颁布一道圣旨，那是除了国王之外谁都不能颁布的，一旦我把它颁布出来，大家都会服从吗？会有人反对吗？"

"不会，陛下，所有人都不会的。您是英国的一国之君。您是皇上，皇上说的话没有人能反对。"

汤姆用自信而诚恳的声调愉快地说道：

"那么以后，国家的法律就是仁慈的法律，不再是残酷的法律了！快起来，去塔里，宣布皇上的新圣谕，免诺阜克公爵死罪！"①

这几句话很快就传到别人那了，接着大家把这个消息传播出去，然后大会厅全都知道了。赫德福勋爵急忙从御前退出的时候，又有一阵异常兴奋的欢呼声爆发了：

"残酷的统治结束了！大英皇帝爱德华万岁！"

第十二章　王子和他的救星

迈尔斯·亨顿和小王子逃离那一伙暴徒之后，迅速地穿过几条昏暗的

---

① 诺阜克死里逃生——亨利八世如果多活几小时，他要处死公爵的命令就会执行了。"但是塔里得到了国王本人已经在那天夜里逝世的消息，典狱官就将这道命令延缓执行；国务会议认为诺阜克被判死刑太不公正，太专制，而且在新王即位的时候执行英国的一位最大的贵族的死刑，也是很不妥当的。"——休谟著《英国史》第3卷第307页——原注。

小巷，匆匆向河边逃去。他们在路上没有遇到坏人，一直跑近了伦敦桥。接着他们又在拥挤的人群中拼命往前冲，亨顿紧紧地握着王子的——不，国王的——手腕。那震撼人心的消息沸沸扬扬，这孩子从不同的人声中同时听到了——"皇上驾崩了！"，这个沉痛的消息让这孤苦伶仃的孩子打了个寒战，他伤心不停颤抖。他意识到他所面临的困难有多么大，内心充满了无限的悲痛，那位威严的暴君对别人虽然残酷无情，但对他却倍加疼爱。热泪占据了他眼眶，使他双眼蒙眬，一切都模糊了。瞬间，他觉得自己是上帝的生灵中最痛苦、最可悲、最可怜的了——这时候又一片呼声穿透了夜空："爱德华六世皇上万岁！"这使他精神振奋，一股得意的心情立刻传遍全身，连手指尖都跟着兴奋。"啊，"他心里想："这简直不能想像——我当了国王了！"

他们从桥上的人群中穿过，慢慢地行进着。这座古老的桥在那个年代里一向都是一条热闹非凡的通路，它是个特别的建筑，许多商店紧凑地立在两旁，楼上是些住家的房屋，从河的一边一直挨到对岸。这座桥可以算是一个市镇，它有客栈，有啤酒铺，有面包房，有服饰杂货店，有食品市场，有手工业工场，甚至包括教堂。在它眼里，它挨着的两个邻区——伦敦区和南市区——如果作为它的郊区，还有资格，但此外就没什么特殊的了。它能算做一个生息相关的小天地：它是一个小小的市镇，仅有一条很短很挤的街道，它的人口和一个村镇的人口数差不多，那里的居民之间都很熟识，并且还认识他们的亲人——甚至连家庭琐事也都互相了解。这个地方自然也像个小社会——还有些上流的屠宰世家、面包世家等等，甚至更多，他们在古老的房屋里已经住了很长时间，而且对这座桥的悠久历史都知道得一清二楚，包括它的其他传说。他们说的都是桥上的事情，想的也无怪乎这些，说起瞎话来总是很啰嗦，音调平匀，直截了当，生动形象，形式一种自己的风格。生活在这种地方的居民必然是自我的、愚蠢而又自负的。孩子们在桥上出生，在桥上长大，在桥上一直生活，直到死去。他们除了这座伦敦桥之外，一生一世从未去过其他地方。不分昼夜，许许多多的行人车马从这条街上穿过，常常有喧哗吵闹的声音，还有马嘶、牛吼、羊叫的声音，再加上那些车轮的声响，真是热闹非凡。那里的居民自然认为这番景象是人间唯一的奇观，他们顺其自然地成为这种奇观的专利者。而事实上也是——至少他们从窗户里就能欣赏这种奇观，每逢有回朝的国王或是名人偶尔给这种奇观添上一层荣耀的时候，他们就可以利用他们的特权，因为要从头到尾、明明白白、一直欣赏那威武的场面，再没有比桥上更好的地方了。

在桥上度过时光的人们到任何其他地方，都觉得生活贫乏枯燥，甚至无法忍受。历史上曾经记载过这样一个人，在他年迈的时候离开了伦敦桥，退休回到老家。可是他在床上翻来覆去，心烦意乱，他简直睡不着觉，因为在他看来，那了无生机的生活太讨厌、太可怕、太压抑了。最后他终于厌倦了那种环境，还是搬回了伦敦桥。这时候他已被折磨成了一个可怕的幽灵，回到老家，他就在那激荡的流水声中和伦敦桥上的人声、车声、马蹄声的催眠合奏中，睡觉得了释放，恢复了放松的生活。

在我们叙述的那个历史中，伦敦桥可以作为英国历史的"实物教学"材料——桥头的拱门顶上有一些尖头长铁钉，那是用来挂一些名人的已被腐蚀的头颅。可是现在我们且不谈这个吧。

亨顿就住在这座桥上的小客栈里。他带着可怜的小王子走到门口时，有一个蛮横的声音说道：

"好，你终于来了！我警告你，这回可别想着再逃跑了。要是把你这贱骨头拆散了，就能叫你得点教训的话，下次也许你就很快来这了。"——约翰·康第一边说着，一边就凶狠地，要抓住这个孩子。

迈尔斯·亨顿挡住了他，说：

"先等一下，朋友，没必要这样粗鲁。这孩子是你什么人？"

"你要是喜欢找麻烦、爱管闲事的话，那告诉你他是我的儿子呀！"

"胡说八道！"小国王生气地骂道。

"就这样！有勇气！无论你那小脑袋是正常，还是有毛病，我都相信你。然而这个蠢货究竟是不是你的父亲，无所谓，只要你愿意跟我在一起，我会阻止他把你抓去打骂，他吓唬你也没用！"

"我想和你在一起，我愿意——我根本不认识他，而且我恨他，我怎么都不跟他走。"

"那就这样了，没必要再说什么了。"

"你有种，咱们来试试吧！"约翰·康第大声说道，同时蛮横地走过亨顿身边，要去抓小国王，"我就要抓走他……"

"你这混蛋，要是胆敢碰他一根毫毛，我就一剑把你戳穿，就像穿透一张纸那样简单！"亨顿挡住他，一面把手按在剑柄上，一面说道。约翰害怕了。"你听着！"亨顿继续说，"有一群比你都厉害的暴徒刚才想欺负这个孩子，甚至要杀他，我都阻拦了，难道你以为我现在会坐视不管、让他遭到更坏的命运吗？——无论你是谁——说老实话，我想你是个骗子——像他这么个孩子，明明白白地让人家杀死，也比落到你这杂种手里活受罪来得好。好吧，滚开！而且滚远一点！因为我这个人生来就很暴躁，不爱多费口舌。"

约翰·康第一边嘟哝着威胁和谩骂着，一边走开，很快就消失在人群中，不见了踪影。亨顿叫了一顿饭，让茶房给他送到楼上去，然后带着小国王，爬上楼梯，到了他的屋子。那是个破旧的地方，里面只有一张破床和几件落满灰尘的旧家具，燃着两支带有污垢的蜡烛，光线黯淡。小国王拖着困乏的脚步走到床边，趴在上面，他由于饥饿和困乏，已经是疲惫不堪。现在是清早两三点钟，他将近有一天一夜的时间一直都在奔命，并且还没有吃过任何东西。他无力地低声说道：

"饭送上来了请您叫我一声。"立即就酣睡起来了。

亨顿眼睛里闪着亲切的光芒，自言自语道：

"真是，这个小叫化子到我这来，占据了我的床铺，他倒是很不客气，心安理得，好像一切都是应该的——根本就不说一声谢谢或者感激之类的话。他发起神经病来、胡说的时候，居然自称为太子，而且还把这个角色演得惟妙惟肖。可怜的、孤独的野孩子，不用说，他准是因为受的折磨太多，被弄得大脑不正常了。好吧，我和他做朋友吧，我救了他，这使我对他产生了依赖，我已经非常喜欢这个很勇敢的小孩子了。他反抗那些下贱的暴徒，用他居高临下的态度还击他们，真有十足的军人气概！现在休息消除了他脸上的困倦和悲伤，他的面孔是多么清秀、多么可爱、多么温柔啊！我一定要培养他，我一定要好好待他。是呀，我还要做他的家人，照顾他，保卫他。谁要是想欺负他或虐待他，除非那家伙想找死。因为哪怕我为这事情付出代价，也一定先让他丧命！"

他弯下腰看着这孩子，心痛地注视着他，接着用他那棕色的大手轻轻地抚摸着那小孩子的脸蛋儿，把他那毛茸茸的卷发向后面抚摸。孩子打了一个轻微的冷颤。亨顿喃喃地说：

"哎，你瞧，我这人怎么这么疏忽，居然让他那样躺着，什么也不盖，这岂不要使他得上一身致命的风湿症吗？那么我要做什么呢？如果抱起他，放到床铺里面去，就会把他弄醒，可是他又非常需要舒服的睡眠。"

他向屋里搜寻着，想找到多余的一点被盖，可是一无所有，于是他就脱下自己单薄的紧身上衣，给这孩子裹上，一面说，"我已经习惯了冬天的寒冷，穿惯了单薄的衣服，我是轻易不会着凉的。"——接着他就在屋子里轻轻挪动着，促进血液流通，同时仍旧在自言自语：

"他那受伤的心灵让他认为自己是太子，哎，如果说现在我们还有一个太子的话，那真的是很奇怪，因为原来的太子，现在已经荣升为国王了——这可怜的孩子正抱着那么一个幻想，不愿面对现实，更不应该抛弃王子的称号，自称国王……我在国外整整坐了七年地牢，一直没有家里的消息。要是我父亲还在世的话，他一定会因为我而欢迎这可怜的孩子，热情地接待他。我那善良的哥哥亚赛也会欢迎他。我的兄弟休吾……如果他要反对我，我就要狠狠地揍他，这个奸诈的、坏心肠的家伙！对，我们回家里去吧——现在就走。"

一个茶房端了一份香喷喷的饭菜进来，把它放在小圆桌上，再摆好椅子转身就走了。像这样的穷客人，他是不会伺候的。他出去的时候，把门使劲一带，一下子把孩子从睡梦中惊醒了。他一翻身就坐起来，很兴奋地扫了一眼四周，接着他脸上又布满了哀伤，长叹了一声，小声地嘟囔道，"哎呀，原来是一场梦。真悲哀啊！"然后他又看见了迈尔斯·亨顿的紧身上衣——然后他又看了看亨顿裸着的身上，发现这位好心人为他而自己忍受寒冷，于是他温柔地说：

"你对我很好，真的，谢谢您。拿去穿上吧——现在我醒了。"

随后他从床上下来，走到墙角的脸盆架前，站在那儿。亨顿用欢悦的声调说：

"我们现在可以好好地饱餐一顿了，饭菜都是刚做好的，还在冒汽哪，你休息好了，再美美地吃一顿，又会成个很有斗志的小伙子了，放心吧！"

那孩子默不作声，他直视着那带剑的魁梧武士，神情充满了严肃的惊奇，还带着些许不落单的成分。亨顿感到奇怪，于是他说：

"什么事？"

"喂，我要洗脸。"

"啊，这样啊！你随便做什么都可以，无需向我迈尔斯·亨顿请示。我的东西你随便使用，千万不要拘束，我非常喜欢你。"

那孩子还是一动不动，而且，一只脚挺不耐烦地跺了一两下地板，亨顿简直一头雾水，便问道说：

"哎呀，什么情况？"

"请你把水倒上，无需废话！"

亨顿忍住笑意，心想，"天哪，他可真是个天才！"接着他就迅速地走上去，做了那傲慢无礼的孩子所吩咐的事情，随后愣在旁边，禁不住有些因诧异而发呆，接着又是一声命令，"过来——把毛巾给我！"这才使他清醒。他从孩子的身边拿起毛巾，递了给他，也没有表示任何不满。这时候他想起把自己的脸也洗一洗，让它变得干净。在他洗脸的时候，这个被他带回来的孩子就坐在桌前了，准备吃饭。亨顿迅速地洗完脸，接着挪开另外那把椅子，正要坐下准备吃饭，突然这孩子竟愤怒地说：

"放肆！竟敢在国王面前坐下吗？"

小孩子的话让亨顿大吃一惊，大脑都停止了运转。接着他自言自语道，"瞧，这个可怜虫的神经病真是跟上了时代节奏呀！英国发生变故，他的神经病也随着进步，现在他在幻想中竟然成了国王！哎呀，我还要顺着他这个狂想才行——没有其他选择。真的，否则他会让我到塔里去坐牢了！"

他决定配合孩子演这场戏，心里很愉悦，然后他从桌子前面搬开那把椅子，站在国王背后，尽力按照宫廷礼节开始服侍他。

吃饭的时候，国王那皇家的尊严慢慢消失一点，他越吃越开心，接着就高兴地说：

"我记得你好像是叫迈尔斯·亨顿，我应该没有记错吧？"

"是的，皇上，"迈尔斯回答说。因为他心里是这么想的，"如果我非顺着这个可怜的神经病的话，那我就必须称呼他为皇上，称他为陛下，决不能失败了。既然扮演了这个角色，我就不能再有什么疑问，否则我就会演砸了，免得适得其反。"

国王喝了第二杯酒，心情更加高涨，接着他说："我想要了解你——你把你的身份告诉我吧。你的神态不仅有英勇的气派，而且有助人为乐的精神——是贵族出身的吗？"

"禀告尊敬的陛下，我家位列贵族之末。家父只是个从男爵——较小的官员之一，称爵士衔——家父是理查·亨顿爵士，居住在肯特郡僧人洲附近的亨顿第。"

"这个名字我已忘掉。继续说吧——把你的一切都告诉我。"

"陛下，关于我没有什么可说的，不过既然没高兴的事情可分享，讲讲我的来历或许可以供您半小时的消遣。家父拥有许多家产的，而且生性热情大方。在我还年幼的时候，家母就过世了。我有两个弟兄：我的哥哥亚赛，他的性情正像家父一样；然而我的弟弟休吾无耻下流，他贪得无厌，诡计多端，心地狠毒，喜欢陷害别人——是个奸诈的小人，他一直就是那样。十年前我最后一次看到他的时候，他已经变坏了——才十九岁他就成了个凶狠的恶人，那时候我只有二十岁，亚赛也只有二十二岁。家里此外没有别人，我的表妹爱迪思小姐——那时候她只有十六岁——相貌标致，贤淑温柔，可爱善良，父亲是个伯爵。她家也只有她一个人了，丰厚的财产和那断嗣的头衔都由她继承了。家父是她的监护人。可是她一出生就和亚赛订了婚，家父不同意解除婚约。但是，亚赛爱上了别人，他告诉我们不要灰心，坚持自己的理想，将来总有一天，时间长了，再碰上个好运气，总会让我们实现梦想。休吾爱上了表妹的财产，虽然他口头上强调爱的是她本人——然而他向来表里不一，总是嘴里说的是一套，心里想的又不一样。好在他的阴谋在爱迪思身上毫无作用，他能骗得过家父，可骗不了别人。家父在我们三个孩子当中最宠爱他，最依赖他，最听他的话，因为他是最小的孩子，——所以这自古以来总是能够博得父母的欢心，然而别人都不喜欢他。他还有一张很甜的嘴，很会哄人，骗人的本领也特别高明——这些优点又恰好能够大大地助长父母那盲目的疼爱，让他更加放肆。我是有些放荡，真的，我还可以进一步地承认我确实如此。然而我那种放荡是天真烂漫的，因为除了自己，它不会伤害任何人，也不丢谁的脸，也不叫谁蒙羞，又没有什么可耻的意味，同时对我贵族的身份也没有任何影响。

"可是休吾偏要利用我这个缺点来陷害——他知道哥哥亚赛身体不太好，一直希望他早死。他盘算着只要把我扫地出门，那他就可以继承全部财产了——事实也是——但是，皇上陛下，这件事情说来话长，而且不必要细说。那么，大概就是，休吾把我的毛病无限地加以夸大，说成罪过，他实施这种卑鄙的毒计，到后来就诬蔑我，栽脏在我的房间里找到了一根丝绳的梯子，其实是他故意放在我房间里去的——他就抓住这个，并且收买了几个仆人和另外一群撒谎的坏蛋做伪证，使家父认定我要背叛他，打算和爱迪思私奔。"

"然后家父就要把我赶出去，让我离开英国，在外面流放三年，要把我锻炼成为一个军人或有出息的角色，最需要让我学到一些社会阅历。接着我就参加了大陆上的战争，在那个残酷的考验中打出一条出路来。我尝尽了苦头，受过很多沉重的打击，经历过很多生死的考验。然而在最后一场战斗中，我还是被俘了。此后，日复一日，年复一年，在一个外国阴暗的地牢里我整整被关了七年。最后我靠着自己的不懈奋斗，得到了自由，然后马不停蹄地逃回家乡来。我是刚到的，穷得叮当响，也没有衣服。在这封闭的七年里，家族里的人们和其他一切究竟发生了什么变化，我就更不了解了。禀告陛下，我这个枯燥的故事已经讲完了。"

"你受了无耻的陷害！"小国王说，他眼睛里充满了同情的愤怒的光芒，"放心我要给你申冤——凭主的十字架发誓，我肯定会做到的！这是国王的御旨。"

因为迈尔斯蒙受冤屈的故事影响了他的心情，他也就接着滔滔不绝地叙述了他最近的不幸遭遇，使迈尔斯很惊讶。国王说完了的时候，迈尔斯心里想道："瞧，他的想像力太丰富了！这实在不是一般的脑子，所以不管它是否正常，就靠这个离奇故事里说的那些跌宕起伏的情节，根本不能编造出这么一个有顺序、有声色的个人传记。可怜的、遭到摧残的小心灵啊，只要有我在，我就决不让他孤单一人，决不让他流浪街头。我永远不让他离开我，我要把他当做最亲的人，当做我的小兄弟。我一定要治好他的病！——是呀，要让他神经正常，一切正常——接着他就可以有出息——将来我就能骄傲地说，'是呀，他是我的人——是我把他这四处流浪的小家伙收养了，可是我发掘了他的潜力，我坚信日后他会成为伟人——走着瞧吧，我不会看走眼的。'"

国王又说话了——他的语调严肃而又平静：

"你救了我，没有使我受到任何损失，甚至救过我的性命，所以也就挽救了国家。这种功劳应该得到最大的奖赏。说出你的愿望吧，只要在我的王权范围内，你都可以得到满足。"

这个不可思议的提议让亨顿从幻想中惊醒过来。他正要向国王谢恩，说他所做的都是应该的，并不是为了得到什么奖赏，好把这件事情糊弄过去，然而他脑子里忽然起了一个更好的办法，接着他就请求国王给他几分钟的时间，好好考虑皇上赏赐他的这番恩典——国王对这个提议郑重地同意了，他说对待这种意义非凡的事情，还是要慎重的。

迈尔斯考虑了几分钟，随即想道，"对，就这么办——如果用其他办法，决不能达到目的——确实，相处了这一个小时，我就明白一直这么下去，那是很累人、很别扭的。好的，我就提出这个要求吧。我没有轻易放弃这个机会，总是好的。"于是他单膝跪在地下说：

"我那不值一提的功劳本是做臣子分内之事，所以您言重了。但既然陛下开恩，认为应予奖赏，我就冒昧恳求陛下恩准一事。陛下知道，大约四百年前，英王约翰与法王之间存在矛盾，当时国王下令，命他们二人在比武场中比试，以公平的裁判来解决争端。两位国王和西班牙王都来观看这场战斗，一决胜负。这时法国的武士先出场了，但是英国的武士们一看他凶猛强悍，没有人敢出来和他交战。这件事情的后果很严重，看情形对英王非常不利，大有不战而败之势。当时全英国最剽悍的武士柯绶勋爵正被囚禁在伦敦塔里，他被剥夺了一切权利，并且因长期被关，他的身体也日见消瘦。这时候有人请他去应战，他答应了，一切就绪，准备出场，当那个法国武士一眼看见了他那凶狠的神态，又听说了他的名字，就立即败退，最后还是法王输了。约翰王给柯绶恢复了财产和爵位，而且一再强调：'你有什么愿望尽管说出来，我一定实现，即使要与我平分国土，我也同意。'当时他就像我现在这样跪着，毕恭毕敬地说，'陛下，我只拜托您一件事情：我希望我和我的子孙后代永远在大英国王面前有戴帽子的特权，从此，王位一日存在，这种特权就永不消失。'约翰恩准了他的这个请求，这是您所知道的。从那以来，这个家庭从来没有断嗣的时候，因此直到现在，这个庞大的世家的家长依然在国王陛下面前不脱帽子或是头盔，不受任何阻挡，别人是决不允许这样做的。现在我借这个例子来为我的愿望做参考，恳求陛下恩准，赐给我一种特权——这就比赏赐我还重要——此外没有其他。我的愿望是：我和我的子孙后代永远可以在大英国王面前坐下！"

"恩准，迈尔斯·亨顿爵士，我封你为爵士，"国王神圣地说。国王用亨顿的剑举行了简单的爵位授予仪式——"你可以坐下了。你的愿望已经实现了。英国存在一日，王位继续一日，这种特权就一直存在。"

国王陛下怀着心事走开了，亨顿终于能够坐下，心想，"这是个极好的主意，总算解决了一大困难，我这两条腿都快不行了。假如不这样做，我肯定得一直站着，一直到我这可怜的国王的神经病治好了为止。"沉思片刻，他又继续想道，"这样一来，我就在虚幻的英国里成了一名爵士！对于我这么一个直率的人，这绝对是一个奇特的爵位。我一定要忍住——千万不能笑，因为这件事情虽然我知道是假的，可是他是认真的。而且对我说来，也有一方面可是真的，因为这件事情至少证明了他有一种大度而慷慨的精神。"过了一会儿，他又想："啊，如果他当着大家喊出我那漂亮的头衔来，多丢脸啊！我的荣誉和衣服这么不般配，岂不要被人家笑话！那倒也无所谓，他爱怎么称呼就随他吧，反正我是光明正大的。"

第十三章　王子失踪

沉重的困倦慢慢袭击着这两个人。国王说：

"帮我脱掉这些破玩意吧。"——他指着他的衣服。

亨顿没有回避，也没有反抗，就替国王脱掉了衣服，他又给他铺床盖被，随后向屋子里扫了一圈，伤心地道，"他又像刚才一样占据了我的床铺——哎呀，那我呢？"小国王明白了他的意思，就说了一句话，帮他解除了尴尬，他困倦地说道：

"你去挡住门口睡吧，要守好门。"很快的，他就均匀地打着鼾睡着了。

"聪明的小家伙，他还真有做国王的潜质啊！"亨顿赞叹地小声说道，"他这一角色真是演得太好啦！"

接着他就横在门口，伸直身子躺在地板上，自言自语道：

"过去那七年我住的比这差多了，如果因为现在这样而埋怨的话，那未免对上帝有点不公平吧。"

黎明时分，他就睡着了。临近中午时，他醒过来，那被收养的孩子还在睡梦中，他掀开国王的被盖——一次只掀开一角——用一根小绳子量国王的身材。刚刚弄好的时候，小国王醒来了，他埋怨屋里太冷了，又问亨顿刚才在干什么。

"已经做好了，皇上，"亨顿说，"我有点事情要出去一趟，很快就回来，您接着睡吧——您需要充足的睡眠。来——我把您的头也蒙上——这样您就会暖和多了。"

他话还没有说完，国王又睡着了。亨顿轻轻地溜出去，但很快的又小心地溜进来，他手里拿着一全套男孩子的旧衣服，材料很一般，上面还有一些毛病，但这套衣服还算干净，况且对现在的天气还很合适。他坐下来，开始收拾刚买来的这几件东西，同时自言自语道：

"钱要是多一点，就可以买一套好一些的，可是钱不多，也就只好将就盖了，不介意瘪肚子荷包买来的东西才可以——

我们城里有个娘们，
她住在我们城里——

"我觉得他好像翻了一个身——我还是小声点唱吧。他累得筋疲力尽，还要走那么老远的路，现在最好还是让他好好休息，可怜的女孩……这件外衣——也还可以吧——给它缝上几针就行了。这一件虽然要好一点，不过也需要缝一两针才可以……这双鞋也不错，还相当结实，总可以保住他那双小脚不被冻掉——而且这对他还是很稀罕的新鲜东西哪，因为他肯定是光着脚走惯了，无论何地，从春到秋……如果面包也像线这么便宜，我就满足了，只花了我一个小铜钱，买来的线就可以用一年了，而且还有这根银亮的大针不算钱，白送的。现在我得把它穿上线，那可难住我了！"

事实真是如此。他一只手拿稳针，另一只手捏着线往针孔里穿——男人的穿针法大致相同，往后多少年相信也不会改变，他们和女人家的方法是恰好相反的。一次次，那根线还是穿不进去，有时候走向这一边，有时候又走向那一边，有时候还顶在针头上弯过来，可是他不厌其烦，因为他从军的时候也曾做过此事。后来他总算穿好了，这时候已过了大半天，他拿起衣服来，开始缝补。"已经付完了住宿费——即将送来的那顿早饭也付过钱了——剩下的钱可以买两头小毛驴，还够路上两三天的生活费，把这几天熬过去，就能享受亨顿第给予我们的丰衣足食了——

她爱她的丈夫——

"嘿，真疼啊！我把针扎到肉里去了！……这没什么大碍——这并不是什么新鲜事——但是终究还是会疼的……我们到那儿就幸福了，小家伙，一切都会好的！一到那儿，你就没有了灾难，你也就会恢复健康了——

> 她爱她的夫君，快乐无比，
> 可是另一个男人——

"这几针缝得挺好呀，太伟大了！"——他举起那件外衣，用自豪的眼光注视着它——这缝得多么整齐，多么高贵啊，把缝衣匠缝的那些小气的活拿来比比，简直就显得太难看、太低俗了——

> 她爱她的丈夫，快乐无比，
> 可是另一个男人又爱上了他，——

"啊哈，大功告成了——这个活儿做得真漂亮，而且还很利落。现在我得伺候他起床，帮他更衣，服侍给他洗脸吃饭，然后我们去南市的特巴客栈旁边那个市场，买……尊敬的，请您起床吧！——他没有反应——嗬，皇上！他睡得真沉，简直听不到声音，恐怕我只好冒犯御体，非推他一下不可。怎么啦！"

他掀开被窝——那孩子没了！

他极为诧异，茫然地瞪着双眼向周围搜寻着，此时他才发现那孩子的破衣服也没有了，接着他愤怒的，拉开嗓门叫客栈老板。恰巧一个茶房端着早餐走了进来。

"你这畜牲，快说，否则就要了你的狗命！"这位武人大吼道，"那孩子呢？"他很凶地冲到茶房跟前，把他吓得哆嗦，茶房结结巴巴，一时难以说话。

然后这茶房用颤抖的声音断断续续地告诉了亨顿他所知道的事情。

"老爷，您刚出去，就跑来了一个小伙子，他说是您吩咐把那孩子带到您那儿去，他说您在桥上靠南市那一边等他。我就把他领进屋子，他把那孩子叫醒，说明来意，那孩子还埋怨他，说他不该'那么早'就叫醒他——天啊，他还说太'早'哪——可是他马上就把那身破衣服披在身上，随着那小伙子走了，而且他说老爷您应当亲自来接驾，不能那么粗心，派个陌生人来——所以……"

"所以你就是个蠢货！——白痴，那么容易上当——你们这些人真该死！不过也许没有人害他。应该不会有人对他安什么坏心眼儿。我去把他找回来。快把饭摆好。等等！床上的被窝弄得好像有人在里面睡似的——是故意这样的吗？"

"老爷，我真不知道。我看见那个人把床铺收拾了几下——我说的是来找那孩子的年轻人。"

"真该万死！这是有预谋的——这明显是为了给他们争取时间的。听着！那年轻人只有他一个人吗？"

"是的，老爷。"

"确定吗？"

"嗯，老爷。"

"糊涂的家伙，你还是再仔细回忆吧——认真地想一想——别忙，伙计。"

那茶房想了一会之后，接着说：

"他来的时候，真的是一个人，可是现在我想起来了，在桥上还是他们俩，走进人丛中的时候，接着就有一个长相卑鄙的人不知从哪钻了出来，正当他跟他们俩快要会合的时候……"

"什么事？你快说！"急躁的亨顿冲他怒吼着。

"正在这时候，他们混在了人群中，正巧掌柜叫我回来，后来我就不知道了，为了那位书记掌柜的先生叫了一份烤肉，可是没有人给他拿上去，就大发脾气，然而我当天发誓说，这桩事情要是我的责任，那简直是天大的冤枉，好比是有人犯了罪，偏要把罪过安到一个未出生的婴儿身上一样，其实这……"

"你这蠢货！快滚开，你这些废话快叫我发狂了！站住！你往哪儿跑？还有话问你？他们是往南市那边走了吗？"

"是的，老爷——刚才的话我继续啊，想到那份可恶的烤肉，我就生气，那要怨我，还不如怨那还没出生的婴儿，更……"

"你还呆在这儿！你在说？滚开，要不然就受死吧！"

那茶房就倏地跑掉了。亨顿跟在他后面，很快走过，飞速地跑下楼去，嘴里嘟哝着，"就是那个下流的混蛋，自称他父亲的那个。我把你弄丢了，我那可怜的小兄弟——这实在叫人痛苦啊——我已经对你有了深厚的感情哩！不！我保证，并没有放弃你！你会出现的，因为我要到全国各地去搜寻，一定找到你，否则誓不罢休。可怜的孩子，他连早饭都没吃——还有我也是，可是现在我没有心思想那个——随便吧，让耗子吃了吧——赶快！赶快！这是最要紧的事！"在桥上他左右摇摆地穿过拥挤的人群的时候，好几次嘟哝道："虽然他责怪我，最终他还是去了——他去了，是呀，因为他以为是我让他去的，让人心疼的孩子啊——换作别人，他肯定不会去的，一定是的！"——他反复地老是这么想，好像这个念头促使他更有动力。

第十四章　老王驾崩——新王万岁

在这同一天天快亮的时候，汤姆·康第从一阵可怕的睡梦中惊醒，在黑暗中瞪着双眼。他默默地躺了一会儿，想要理清他奇怪的念头和印象，希望从里面找出头绪来，接着他忽然用兴奋而又严肃的声音喊道：

"我懂了，我全懂了！感谢天地，原来只是个梦，确实不错！过来吧，快乐！滚开吧，烦恼！嗬，南恩！白特！快扔掉你们的稻草，快过来吧，我告诉你们一个怪异的梦，这个梦真是荒唐至极，黑夜的幽灵编造的怪梦，从来还没有这么叫人纳闷的，你们听了也会惊讶的！……嗬，南恩！哎呀，白特！……"

一个思绪的人影出现在他身边，有一个声音说：

"陛下您要下命令吗？"

"命令？……哎，我太不幸了，我清楚你的声音！快说吧，你说我是谁？"

"您是谁？不用怀疑，昨天您还是太子，今天您是我最宽厚的国王，大英国王爱德华。"

汤姆的头埋在枕头当中，失望地小声抱怨道：

"哎呀，原来这是真的！你去休息吧，善良的人儿——我要休息了，让我自己承担我的烦恼吧。"

汤姆又睡着了，可这次，他都做了一个愉快的梦。那好像是在夏天，独自在一个名叫好人场的漂亮的草场上玩耍，突然出现了一个仅有一英尺高的驼背小矮子，脸上很长的红胡子，神秘地对他说："在那个树墩子旁边，你挖吧。"他开始行动了，出乎意料地竟然挖出了一打亮闪闪的新便士——丰厚的财宝！然而还有更好的事情，因为那小矮子说：

"我认识你。你是个好孩子，所以会得到奖励，你的好运就要降临了，因为你得好报的日子已经到来了。你每隔七天就来挖一回，每次都能得到这么多钱财，十二个亮闪闪的新便士。不要泄露——要保守秘密才有效。"

突然那小矮子不见了，他就拿着他这份意外之财，飞奔到自己家去，心里默念着，"每天晚上我给我父亲一个便士，就说那是我讨来的，心里也就会非常舒服，我可以不用挨打了。教导我的那位仁慈的神父，每周我要给他一个便士，剩下的四个就分给妈妈、南恩和白特。我们从此再也不会挨饿，可以穿好看的衣服，再也不用担心、不用发愁、不用活受罪了。"

在梦中他跑得气喘吁吁，终于到达了他简陋的家里，但是他眼睛里闪烁着高兴的狂喜，他把四个便士扔到母亲怀里，兴奋地喊道：

"这些全部给您！全部都是！真的——给您、南恩和白特的——这是我正经得来的钱，不是讨来的，也不是偷来的！"

快乐而幸福的母亲紧紧地把他搂在怀里，喊道：

"时间不早了——陛下您要起床了?"

啊,这可不是他所期望的话,好梦瞬间被打乱了——他又惊醒过来。

他睁开双眼——总御寝大臣一动不动的跪在床边。那个令人愉快的梦带给他的快乐不见了踪影——这可怜的孩子明白了他只是一个被俘虏的国王。

披着紫色斗篷的大臣跪满了卧室——这是穿的丧服——其中还有许多服侍国王的仆人。汤姆从床上坐起来,从那华丽的丝绸帐子里面凝望着外面那一群讲究的人物。

穿衣这一项繁琐的工程开始了,在实施工程的时候,那些大臣依次到小国王面前来跪拜,同时对他丧失父王的痛苦表示同情。首先由大侍从官拿起一件衬衣,然后递给总内侍官,他会把它递给次御寝大臣,他又递给温莎御狩林总管,他紧接着把它递给三级近侍官,三级近侍官最终把它送还给兰开斯特公爵领地王室大臣,他又把它递给御服大臣,御服大臣又把它递给纹章局长,他又把它递给伦敦塔典狱官,他又递给皇家总管大臣,他又把它递给世袭大司巾,世袭大司巾又把它递给英国海军长官,他然后把它递给坎特伯利大主教,大主教又把它递给总御寝大臣,这位大臣才把这件经过数次传递、最后才送到了他手里的衣服接过来,穿到国王身上。

可怜的、看得头晕目眩的小伙子啊,这让他联想到救火的时候递水桶的情景。

每件衣服都必须要经过这么一番机械而庄严的传递,很快汤姆对这种礼节就厌烦了。他感到非常烦心,直到后来他看到他那条绸子的长裤依次由那一排大臣传递过来,知道穿衣这事终要结束了,就差点要把谢天谢地说出来。可是他高兴得有点早了。总御寝大臣把那条裤子接过来之后,正待往汤姆的腿上穿,不料他脸色突变,他迅速地把那条裤子推到坎特伯利大主教手中,脸上有些慌张,小声地说,"你瞧,阁下!"并且还指着裤子上的一个什么东西。大主教脸上一阵白,一阵红,他接着把这条裤子还给海军长官,也轻轻地说了一声,"你瞧,阁下!"海军长官接着又把这条裤子递给世袭大司巾,他吓得几乎不能呼吸,连一声"你瞧,阁下!"都含糊不清。这条裤子按来时次序往回传过去,先是皇家总管大臣,而后是伦敦塔典狱官手里，接着是纹章局长手里，又递到御服大臣手里，随后从兰开斯特公爵领地王室大臣手里，递到三级近侍官手里，接着又到温莎御狩林总管手里，然后是次御寝大臣，再递到总内侍官手里——同样都陪着一声担心的惊喊："你瞧！你瞧！"——一直到回到大侍从官手里，这才算结束。这位大臣脸色蜡黄，瞪着双眼把那惹出这场风波的毛病看了一会儿，然后小声道，"真是罪无可恕，裤脚的花边上的穗子掉了一个！——快把御裤保管大臣送到塔里关起来！"说完后，他就倚在总内侍官肩膀上，借此恢复他那被吓虚脱了的身体，等着别人拿另外一条完好无损的裤子来。

但是无论什么都有结束的时候，最终汤姆·康第衣服终于穿好了，可以下床了。接着负责倒水的奴仆把水倒好，负责洗脸的认真地给他洗了脸，负责拿面巾的官诺诺地拿着面巾站在他身边，最后汤姆按照规矩终于完成了盥洗的步骤，只差御理发师给他整容。最后经过高级美容能手的修饰，他身上披着紫色缎子的斗篷，下身穿着紫色缎子的大脚短裤，头上戴着一顶紫色翎毛顶子的帽子，一个高贵英俊的角色出现在眼前，简直像个女孩子一样漂亮。他现在机械地从那些严肃的大臣中间穿过，走向早餐的餐室，他走过的时候，这些人立即后退，给他护驾，而且还跪在地上。

吃过早餐之后，他就由他的官员们和五十个身着盔甲的侍从卫士服侍着，依照传统的仪式，把他带到坐朝的殿里，那就是他以后处理朝政的地方。他的"舅父"赫德福勋爵侧立在宝座旁边，准备着提出正确的建议，以助皇上的思考。

先王指定执行遗嘱的那些权势贵族来到汤姆跟前，恳请他批准他们的几项决议——这其实只是一种形式，但也不完全是，因为此时汤姆还没有摄政。坎特伯利大主教通报了遗嘱执行委员会就已故国王陛下治丧事宜的命令，接着宣读了各位执行委员的名字，它包括：英国大法官；坎特伯利大主教；威廉·圣约翰勋爵；爱德华·赫德福伯爵；约翰·罗素勋爵；德拉谟主教柯斯柏；约翰·李斯尔子爵……

汤姆并不在意——因为有一句话使他感到奇怪。这时候他转过脸向赫德福勋爵低声说：

"他说丧礼定在哪一天举行?"

"皇上,下月十六日。"

"这真是个荒诞的作法。他经得住这么长时间吗?"

可怜的孩子,他对于皇家的习惯还不了解,他习惯了垃圾大院那些可怜的死人很快地被打扫出去,和这种方式大相径庭。但是赫德福勋爵的一两句话就打消了他的顾虑。

一位国务大臣呈上委员会的一道请求,内容是明日十一点钟接见各国使节,请求国王能够批准。

汤姆用疑问的眼光看着赫德福伯爵,赫德福低声说:

"陛下您应该心怀感激。为了陛下和英国刚才遭受了那么大的灾难,他们是代替本国的皇上向您表示哀悼的。"

汤姆就痛快地吩咐做了。接着另一位大臣宣读一份已故国王的王室开支报告的清单,说明前半年里的开支共达二万八千镑——这个数字太可怕,吓得汤姆·康第都不能呼吸。接着他听说这笔开支里还有两万镑,还未偿还①,于是他大为吃惊。后来他又听说王室的财库已亏空了,他那一千二百名仆役由于皇室拖欠他们的工资,生活贫穷,然后他很是震撼。汤姆非常焦虑地说:

"皇室分明是即将倾家荡产了。我们可以去住一所小一点的房子,把仆人辞退一部分,而且就得这么办,因为他们没有任何用处,只是耽误挣钱养家,他们给人家做仆人,简直是摧残人的精神,心里感到羞耻,对谁这些事也不行,除非是个木头人,根本没有思想,也没有手,什么事都依赖别人,那还勉强可以。我记得在河附近,有一所小房子,靠近鱼市,在毕林斯门附近……"

汤姆胳臂上被人扭了一下,让他停下来,他脸红了一阵,然而其他官员丝毫没有露出任何神色说明他们对这些奇怪的话有兴趣,或者感到关心。

一位大臣又宣读先王曾在遗嘱中决定授予赫德福伯爵公爵衔,还有将

---

① 据休谟的《英国史》。

他的兄弟汤玛斯·赛莫尔爵士晋封为侯爵，赫德福的儿子晋封为伯爵，此外还对国家的一些皇臣赐予不同的升级，因此委员会决定在二月十六日开会，宣读这些恩典，并予以生效；同时还包括，因为已故国王遗嘱中并没有赐予受封人应有的财邑，以让他们维持新授爵位活动的开支，委员会是这样理解他对此事的意旨，所以认为应赐予赛莫尔"地租五百镑的土地"，赐予赫德福之子"地租八百镑的土地，而且如果有主教领地充公时，另外给他拨地租三百镑的土地"，——并且请新上任的国王陛下同意这种做法。①

汤姆正准备要说什么，表示不该先把先王的钱都随便花光，应用来补偿仆人。可是精明的赫德福立即暗示他，使他没有说出这率真的话。接着他就下旨，表示同意，虽然嘴里没说什么，内心却很内疚。这时候他沉思了片刻，想起了现在他做的那些非凡的、伟大的奇迹，简直易如反掌，接着他心里就突然有了一个天真的想法：为什么不封自己的母亲为垃圾大院的女公爵，也给她一份领地呢？然而现实又让他把这种想法推翻了。他没有任何权力，那些狡猾而老练的大人和大贵族才有真正的主动权。在这群人心目中，他的母亲仅仅是个神经失常的小疯子幻想中的人物。听到他的提议，他们绝对不会理睬，还要请医生来给他看病了。

无聊的事情一件接一件，令人非常讨厌。大臣们念了很多谏言、宣言和特许状等等，还有各式各样的冗长、复杂和令人厌倦的有关公务的文件，最后汤姆无奈地叹了一口气，轻轻自言自语道："究竟我犯了什么罪，尊敬的上帝竟然叫我抛弃了家，远离了自由的空气和阳光，把我弄到这里来，让我当个国王，受这种活罪呢？"接着他那可怜的疲倦的大脑休息一会，然后就靠在肩膀上了。因此帝国的大事就由于缺少了这个庄严的工具来执行批准的权力，被迫暂停了。寂静接着就降临在这熟睡的孩子身边，国家的贤人们也就停止施展他们的管理才华了。

经过赫德福和圣约翰两位监护人的同意，在上午汤姆和伊丽莎白公主以及小洁恩·格雷公主一起开心地玩过了一个小时。不过这两位公主的心

---

①　见休谟的《英国史》。

灵都因皇室遭了那痛苦的不幸，还存在着悲痛。在她们拜见结束的时候，汤姆的"姐姐"——也就是著名的"血腥的玛丽"——向他作了一次严肃的谈话，让他心情低落，在他看来，这次谈话唯一的好处就是占用的时间很短。

他单独呆一会儿，接着又有一个大约十二岁的瘦弱的男孩子被带到他面前来，除了雪白的皱领和手腕子那儿的花边而外，这孩子的衣服全是黑的——上衣和裤子等等，都是这样。除了肩膀上系着一个紫色缎带子打的孝结而外，也就没有任何服丧的标志。他低着光头，惊慌地走到汤姆跟前，单腿跪在地下。汤姆静静地认真地打量了他一番。接着他说：

"朋友，起来吧。你是谁？你来这里有事吗？"

那孩子站起来，很绅士地站着，但是脸上有一种惊慌的神色。他说：

"皇上，您没忘了我吧。我是您的代鞭童。"

"我的'代鞭童'？"

"是的，陛下。我叫做汉弗莱——汉弗莱·马罗。"

汤姆认为这个孩子来得有些太突然，他的监护人应该事先通知他才好。现在的场面可真是令人尴尬。他该如何是好呢？——假装认识他，然后一说话又露出破绽，叫人家看出从来他就没有听说过他吗？不，那绝对不行的。

他忽然灵机一动，想到了一个办法，这让他感到欣慰。他心里想，类似于这样的意外事件是随时都会发生的，由于赫德福和圣约翰都是遗嘱执行委员会的委员，时常会有紧急的公事让他们随时都会离开他，因此他也许还是要靠自己的，应随时应付临时的变故才可以。对，那倒是个办法——他可以先哄一哄这个孩子，看看他有什么反应。接着他就装出为难的样子，摸一摸额头，跟着就说：

"我好像对你有一点儿印象——可是因为我遭了打击，脑子简直不灵了，有些不清晰——"

"哎呀，可怜的主人！"代鞭童紧张地喊道，接着他又小声地说，"果然如他们所说——他的确是疯了——哎呀，不幸的人！可是真麻烦，我怎么就忘了！他们说过，任何人也不能显露出他看到了国王有什么毛病哩。"

"最近很是奇怪，不知怎么回事，我的记性忽好忽坏，"汤姆说。"可是你不必担心——我一定会好，只要给我稍微一点提示，我就能回忆起一些事情和人名字（而且还不止这些，就连曾不知道的，我也能想得到——这孩子很快就发现了）。快说，你到底是干什么的。"

"这是不重要的事情，皇上，不过您要是想知道，我就说说吧。最近几天，陛下弄错了三回希腊文——都是早晨上课的时候——您知道吗？"

"对——啦——我知道得（这也算作真实了——只要我这两天学过希腊文，那我弄错就不止三回，而是弄错几十回了）。对，我差不多都想起来了——你继续说吧。"

"因为陛下老出错，太傅说您'心不在焉'，他就很生气，说是要狠狠地揍我一顿鞭子才解恨——他还要……"

"揍你呀！"汤姆说，他很是吃惊，简直沉不住气了，"他为了我的过错为什么要揍你一顿呢？"

"啊，您真不记得了，陛下。您只要是功课做不好，他每次都是打我呀。"

"是的，是的——我忘了。你耐心地教我——结果要是我学得不好，他就认为是你的错，因此就……"

"啊，您不可以这样说，皇上？我是您的最卑微的仆人，怎么能够教您呢？"

"那么你犯了什么过错？到底是怎么回事？我难道真的疯了吗？还是你神经有问题呢？你给说明白吧——全部交代。"

"可是，尊敬的陛下，这不需要解释的。没有人能体罚太子，因此太子要是有什么过错，就由我来受罚。这个办法是合理的，因为那是我的职责，也是我的工作。"①

汤姆惊奇地望着那可怜的孩子，同时心里想着，"瞧，这可真稀

---

① 代鞭童——詹姆士一世和查理二世小的时候曾有代鞭童，如果他们的功课学得不好，就由代鞭童替他们受处罚。所以就为了符合我的需要，给这位小王子设了一个代鞭童。——原注。

奇——既特别又古怪的行业。我很纳闷，他们干脆雇一个孩子来代替我让人家梳头和打扮？真要那样，我可真是谢天谢地！——他们要是允许，我宁可挨鞭子，而且还多谢上帝给我的恩赐。"接着他大声说：

"太傅已经打过你了吗，可怜的孩子？"

"陛下，还没有哪，原本是要在今天处罚我，可是恐怕暂时会取消，因为这跟我们面临的丧事不相称，不知道到底为什么，因此我就冒险地到这儿来，把陛下答应帮我求情的事向您提个醒——"

"去跟太傅说吗？不许他打你了？"

"啊，您终于记起来了！"

"我的记忆力好起来了，你看得出。放心——你这次肯定不会挨揍——我会帮忙。"

"啊，多谢，仁慈的陛下！"那孩子又向皇上行了一个礼，欢呼道，"我向陛下提出这个请求，或许已经够放肆了，但是……"

汤姆看出汉弗莱有点犹豫，就鼓励他继续说下去，他说他心情正好，可以多多开恩。

"那么我就全部说出来吧，因为这事与我关系重大。您现在已经是国王了，身份不一样了，您可以随意颁布命令，不会有人敢反对。因此您如果因为继续学那些无聊的功课，弄得心烦，那的确没有任何道理，您可以把书烧掉，做别的事情放松一下。如果那样的话，我就完蛋了，我那些可怜的姐妹也陪着我一起倒霉了！"

"完蛋了？请问，那是为什么？"

"仁慈的陛下啊，我是依靠挨揍吃饭的，我如果不挨揍，我就要挨饿了。如果您不读书了，我就要失去工作了，因为您不需要代鞭童了。请您可怜我吧！"

这可怜的小家伙感动了汤姆。他大发帝王的仁慈之心，慷慨地说：

"别担心，孩子。我任命你终身担任这个职务，而且还可以世袭下去。"于是他把剑举起来，轻轻地在这孩子肩膀上拍了一下，同时严肃地说，"起来，汉弗莱·马罗，大英王室的世袭代鞭童！忘记烦恼吧——我不会放弃读书，并且还要读得很差，让你的工作大大地繁重起来，那么为了公平合理，他们就会给你加双倍工钱了。"

兴奋的汉弗莱大声地回答道：

"非常感谢，啊！仁慈的陛下！您这样善良，确实是超出我那些幻想的美梦之外。今后，我永远都快乐了，马罗全家的人永远也都快乐了。"

汤姆是很聪明的，他知道这个孩子对他很有帮助。他鼓励汉弗莱说话，他也很配合。他相信汉弗莱能帮忙"治好国王的病"，心里特别开心。因为他每次把真正的小国王在书房里和皇宫里其他一些地方所经历的每次新鲜事情的细节向他那糊涂的大脑提示一下，很快就看出汤姆能够把那些情形完全地"回忆"起来。谈了一会之后，汤姆已经对于朝廷里的人物和事情得到了许多很有意义的信息。因此他就决定每天通过这个来源，获得消息。为了达到这个目的，他就要下一道命令，规定只要汉弗莱进宫的时候，如果皇上没有处理政事，就让他到国王的房间里来。

汤姆刚打发走汉弗莱，赫德福就来了，他有了新的问题。他说遗嘱执行委员会的官员们担心有什么关于国王神经有问题的不利的谣言泄漏出去，四处张扬，因此他们觉得再过一两天，皇上必须当众用餐——一旦有什么不好的谣言已经传出去了，国王只要神色正常，精神饱满，而且特别专注，使神态显得泰然自若，举动自然高贵，那就肯定能安定人心，没有哪个方法比这更好的。

接着伯爵就开始非常认真地指导汤姆，伯爵很为难地借口要"提醒"他一些"已发生的事情"，把他在这个隆重的场合上所要懂得的礼节讲给他。可是汤姆在这方面已经精通，这使伯爵非常地欣慰——就这件事情，汤姆是从汉弗莱那得到的消息，因为汉弗莱从那广为传播的宫中闲谈中听到了风声，早就向汤姆提到过这即将要发生的事。但是汤姆很聪明，并没有把这些事实讲出来。

伯爵一看汤姆越来越懂事了，接着假装很随便的态度，故意提到几件事情来测验汤姆，试试他对宫廷之事到底了解多少。最后是零散的有很多地方令人满意——只要汉弗莱讲过的地方，皇上都答得很顺利，逐个说出来，伯爵是非常满意的，而且也增加了信心。可是他因为过于自信，竟然大胆提出了一个这样的问题，抱着很大的希望说：

"现在我觉得如果陛下肯再稍微思考一下，一定能解开御玺的谜——遗失御玺，不久前还是一件棘手的事情，可是今天就不算问题了，因为它的效用已经随着先王的生命而结束了。陛下可否试试想想？"

汤姆很困惑，不知如何是好。御玺这东西，他一点都不懂。他迟疑了一会儿，就傻傻地抬起头来望着，问道：

"伯爵，御玺是什么？"

伯爵吃了一惊，但是很快恢复正常，他失落地轻轻地说："哎呀，他的神经还是有毛病！——如果再叫他继续想事情，那是很困难的。"接着他迂回地转开话题，希望把那倒霉的御玺从汤姆脑子里清除出去——他很容易就成功了。

第十五章　汤姆当了国王

第二天各国大使以及达官显贵来到了。汤姆威严地坐在御驾上逐个接见他们。那个隆重的场面起初对他很吸引，并且还很兴奋，可是接见的时间太长，又很无聊，大使们的致词也多半是长而且重复——所以这件事情开始虽然充满激荡，可越来越令人厌倦，而且还使他想到家。汤姆随时把赫德福的话默念一遍，极力要做得使人满意，然而他对这种事情太不在行了，显得做作，所以他只能做到还算可以的地步。他外表像个真正的国王，可是心里却没有威武的感觉。最后礼节结束的时候，他才得到了解放。

他"浪费"了很长时间，做的都是当国王做过的最累的事——这是他内心的想法。

甚至连专供国王消遣和娱乐的两个小时，对于他失去了吸引力，也毫无乐趣，因为那些游戏都有很多不许和礼节上的规矩。幸好有他的代鞭童陪他过了一个小时，这可是他认为绝对有意义的事情，因为他不仅心情愉快，同时又得到了急需的东西，真是一举两得。

汤姆·康第当了国王的第三天的情况还是和前两天一样，然而他总算舒服了一点——他不像刚开始时那样拘束了。他渐渐习惯于突发的状况。

身上的锁链仍旧磨得他发痛，但总会变得，时间在他头上飞过去，他也就觉得那些大人物对他那么恭敬，他越来越不会感到痛苦和狼狈了。

还因为一件事情让他惴惴不安，他看到第四天快到的时候，就不会如此着急了——那就是当众用餐，这是要从今天开始的。日程安排里还有些更重大的事情等着他——因为他还要临朝主持一次会议，大臣们将要在会上听候他的御旨，决定他对一些国家计划采取的外交政策，还要在那一天正式任命赫德福公爵为摄政大臣，此外还必须要在那天解决别的重要事情。

但是在汤姆眼里，这些事情都比叫他当众用餐要简单许多，他认为自己一个人吃饭，却有那么多好奇的眼睛紧紧盯着他，和无数张嘴悄悄地评论他的举动，如果他倒霉，闹了笑话，还要受人谴责，实在是件受罪的事情了。

可是那第四天是无法改变的，它还是来到了。

第四天，汤姆萎靡不振，心神恍惚，这种情绪一直加剧着，他简直要窒息了。上午的普通公事在他手头迟缓地挨过去，让他感到心烦。接着他又觉得那种郁闷的心情重复地袭击着他。

临近晚饭的时候，他和赫德福公爵在一个华丽的朝见室里聊天，正式等待着众多重要官员和大臣们预定举行朝拜的日期。

然后汤姆随便走到一个窗户前，对皇宫大门外面的马路上热闹的景色非常着迷，他并不是旁观地感觉良好，而是满心渴望着亲身体验那种自由自在的生活。突然，他看见一大群乱嚷乱叫的、肮脏的、最贫穷和最低等的男男女女和小孩跟着前面领头的几个人，从远处走过来。

"我很想知道原因！"他内心充满了一个孩子对那种场景所特有的好奇心，大声喊道。

"您是皇上！"公爵恭敬而又沉重地说，"陛下是否同意我执行圣旨？"

"可以，照办就是！啊，请快点，照办吧！"汤姆兴奋地大声说道，接着又愉悦地说，"不过，当个国王也不只是枯燥乏味的——他也自有它的补偿和好处。"

公爵来叫了一个随从，派他把御旨传达到警卫队长那儿：

"奉皇上圣旨，把那一群人留下，问清楚他们聚众的原因。"

很快，就有一长排穿着硬朗的钢制盔甲皇家卫队，迅速行动，在马路上把那一大群人团团围住了。回来了一个报信的奴仆，他说这伙人是去看一个男人、一个女人和一个年轻的姑娘被判处死刑，他们犯的是扰乱社会治安罪和破坏国王名誉罪。

把这些贫困的无辜百姓处死刑——并且还是惨死呀，这个念头使汤姆大为震撼。仁慈支配着他，使他忘记了一切。他根本没有想到他们所触犯的法律，也没考虑到他们带给受害者的苦痛或损失，除了绞刑架和被判死刑的犯人面临的可怕的死亡，他什么也想不到了。他的善良甚至使他暂时忘记了自己只是一个国王的替身，而没有权力。他还没有想到这一点，就冲口而出地下了一个命令：

"带他们到这里来！"

接着他异常激动，一句类似道歉的话即将要说出来了。可是他发现他的命令没有引起公爵和侍童的任何反对，他就咽下正想说的话。秉着理应遵命的惯性的侍童，向他深深地鞠了一躬，就后退出这个房间，去传达御旨了。汤姆感觉到一阵愉悦的胜利感，再次体会到做国王的煎熬换来的好处。他暗想，"我曾经看老神父那些故事书的时候，就幻想着自己是个国王，可以指挥所有的人，说'你去干这个，你去干那个'，没人敢违背我的旨意。我现在居然做到了。"

这时候敞开了几扇门，有人通报了一个个的重要的头衔，然后拥有这些头衔的达官显贵们走了进来，接着这地方很快就被这些高贵人物占据了。可是汤姆对于他们的到场几乎是没有兴趣，因为他对刚才的事情非常上心，一直在想着它。他虽然坐在宝座上，却转过眼睛去望着门口，有种焦急的神情。大臣们一看这种情形，就尽力不打搅他，大家随意地聊着，包括国家大事，还有一些宫廷闲话。

　　不一会儿，就听见一些军人走过来的整齐步伐声，在一个副执法官的带领之下，他们由国王的一小队卫队押送，来到国王面前。那位执法官向汤姆跪拜后站在旁边。那三个死囚也跪了下来，而且一直不敢动。卫队在汤姆的椅子后面排成一排。汤姆好奇地认真打量了那几个犯人一番。那个男人的衣服和外表好像似曾相识，这引起了他很大的关注。"我觉得从前好像看见过这个人……但是想不起是什么时间在哪了。"——汤姆的念头就只有这些。

　　正巧，那个人迅速地抬头看了一眼，又迅速地把头低下去了。因为他不敢正视皇上那威严的风度，但是汤姆总算看清楚他的长相，这也就可以了。他心里想，"事情现在够明白了，这就是在刮着狂风、冷得要命的新年的第一天把斋尔斯·威特从泰晤士河里救出来，并且救了他的命的那个陌生人——那是勇敢而又善良的行为——可惜他又做错了什么，把自己弄得这么悲惨……我还记得那天，连时间都很清楚，因为一个小时后，正打十一点的时候，我被奶奶毒打了一顿，这一顿打得最为厉害，所以在那以前或是以后发生的事情和这顿毒打比较起来，就像是温暖的抚爱和拥抱似的。"

　　于是，汤姆就下令让那个妇人和姑娘稍后再来，然后他问那执法官：

　　"请问你，他犯了什么罪？"

　　副执法官跪下来严肃地说：

　　"启禀陛下，他把一个人用毒药害死了。"

　　汤姆本来对这个犯人是非常怜悯的，而且对他冒死救出那个落水孩子的英勇行为深感敬佩，现在他这种心情却遭受到了深刻的打击。

　　"已经有证据证明是他干的吗？"他问道。

　　"是的，皇上。"

　　汤姆失望地说：

　　"把他带走！他是自找的。只是太可惜了，他曾经是个勇敢的英雄，不，不，我只是说他看起来好像很勇敢。"

　　犯人忽然猛地磕头，绝望地盯着国王，同时用一些断续的、满含恐惧的话向国王哀求：

"啊，国王陛下，要是您能善待受难的人，那就请您宽恕我吧！我没有杀人——而且他们给我加的罪名也是证据不足的——但是我要说的不是这些，已经判了我死刑，这已不能更改，可是我在绝路上还要请求陛下大发慈悲，因为我不想那样死。请开恩吧，请开恩吧，仁慈的陛下！请陛下大发慈悲，恩准我的请求吧，请陛下怜悯，处我绞刑吧！"

汤姆大吃一惊，他想看到的不是这个。

"哎呀，上帝啊，这简直是个怪异的请求！他们判给你的死刑，是什么？"

"啊，善良的皇上，太难过了！他们的判决是把我活活地煮死！"

这话简直晴天霹雳，使汤姆几乎从椅子上跳起来了。他刚镇定下来，立即就大声喊道：

"你放心吧，可怜的人！即使你毒死了再多的人，也不至于遭此刑法。"

犯人磕下头去，都发出呼呼的声音，他兴奋地说了一大堆谢恩的话，最后是这么一句：

"万一将来您有什么不测——那自然是不可能的事情！但愿别人都记住您今天对我的恩典，报答您的好心！"

汤姆转过脸去，对赫德福公爵说：

"公爵，判这个人如此残酷的刑罚，您能让人们相信这样做有法律根据吗？"

"陛下，依法律规定，放毒犯就是该遭此刑罚。在德国，惩治造假币的犯人，是把犯人放油锅里炸死，还不是全都放进去，而是吊起他们，慢慢地向下放，先炸脚，再是腿，再……"①

---

① 煮死的酷刑——亨利八世在位时期，依据国会制定的法令，有些犯人被判处煮死。在继任国王的统治期内这项法令被废除了。

在德国，直到十七世纪，这种可怕的酷刑还对伪造钱币犯和其他伪造犯施行。"水滨诗人"泰勒描写过他一六一六年在汉堡目睹的一次行刑。那次对一个伪造钱币的犯人宣布的判决是"把他在油锅里炸死：不是全身一起抛在锅里，而是用绳子拴住腋下，吊在滑车上，然后慢慢地放下去，先炸脚，接着炸腿，就是把他的肉活活地从骨头上炸掉"。——哈蒙·特伦布尔博士著《真伪酷刑录》第13页——原注

"啊，公爵，请你停止吧，我不想再听了！"汤姆喊道，他低下头，"请你赶快下个命令，修改这条法律——啊，一定不能让可怜的老百姓再遭此刑罚了！"

公爵脸上绽放欣慰的神情，因为他也是个仁慈的充满爱心的人。①——在那凶残的时代，在他那个地位里，几乎没有像他这样善良的人。他说：

"陛下这句仁慈的话从此禁止了这种酷刑，这件事将要流芳百世，永远是您皇家的光荣。"

副执法官正要带走犯人，汤姆喊住他，叫他先别怕，接着他就说：

"我还要把这件事情调查清楚。刚才犯人说过他的罪行证据不足，把你所知道的都告诉我吧。"

"启禀皇上，案件的经过是这样的，问清楚了，这个人走进了艾灵顿小村里的一户人家，一个病人躺在那里——有三个见证人说那时是上午十点钟整，有两个说不到十点钟——可是病人一个人在家，而且还睡着了——这个人进去后很快又出来，接着就离开了。在他走了之后，病人全身哆嗦，痛得要命，还不到一个小时就死了。"

"有人亲眼见他放毒吗？有发现毒药吗？"

"啊，没有。陛下。"

"那么，怎么认定是有人放了毒呢？"

---

① 赫德福的性格——年轻的国王对他的舅父产生了特别亲密的感情，他这位舅父基本上是个性情温和而正真的人。——休谟著《英国史》第3卷第324页

但是他（摄政王）虽然因为太爱摆出威严的架式，有些让人起反感，却因为这次议会所通过的那些法律，应该受到赞扬，这些法律大大地减轻了以前的一些法令的严酷性，宪法的自由也因此得到了相当保障。凡是对叛国罪的范围的规定超出了爱德华三世在位第二十五年的法令的所有法律，都被废除了，还有先王在位时制定的一切扩大重罪范围的法律和惩治异教的一切法律以及"六条法"，也都被废除了。此后就没有人因出言不慎而被控犯罪，但以所说的话说出之后的一个月内为限。因为这些废除苛法的措施，英国有史以来所通过的很多最严酷的法律都取消了，从此人民才有了一丝人权自由和宗教自由的曙光。此外，从前还有一种可以摧毁一切法律的法律，即规定国王颁布的圣旨与法律具有同等效力，现在也废除了。——同前书第339页——原注

"敬禀皇上，医生说一定是中了毒，不然病人临死的时候决不会有那种症候。"

这就是最好的证据在那个落后的时代。汤姆意识到了这个证据的威胁性，就说：

"医生很懂这个，或许他们对了。这证据对这个人很不利的。"

"可是不光这个，陛下，此外还有更有力的证据哩。有许多人证实从前有个巫婆曾经预言这个病人会被人毒死，那巫婆现在不在那个村子，没有人知道她去了哪里。她是私下偷偷对他们说的，她并且还说放毒的是个陌生人——一个穿着粗糙衣服，脸色黝黑的陌生人。而这个犯人和传言所说分毫不差。陛下，既然案情都被巫婆算到了，当然就非常可靠，请陛下相信这个有力的证据吧。"

在那迷信的时代，这是个不可攻破的理由。汤姆认为这桩事情也就如此了，要是相信证据的话，这个可怜人的罪名就算是定了。但他愿意给他一个机会，他说：

"要想为自己辩护的话，就快说吧。"

"我说不出什么有用的话，陛下。我是冤枉的，但是我无法证明。我没有朋友，不然我能够证实那天我根本就不在艾灵顿小村庄，还有，我确定在他们所说的那个时刻，我离村庄足有三英里远，因为我当时在华宾老码头哪。噢，聪明的陛下，我还可以保证，他们说我投毒的时候，那时我正在河里救人呀。有个孩子在河里快被淹死了——"

"好了！执法官，你快说案子发生在哪天！"

"启禀陛下，那是新年的第一天，上午十点钟，或者是晚几分钟，那时候……"

"他是无罪的——这是国王的看法！"

汤姆这句不合国王身份、激动的话马上又让他脸红了。接着，他极力掩饰这句不完美的话，补充了一句：

"仅凭这种不真实的、没有说服力的证据，就把一个人判以死刑，太令人生气了！"

一阵阵表示称赞的低沉议论声在御前的人群中迅速地传开了。并不因为汤姆所宣布的命令，他赦免了一个被判死刑的投毒犯，在场的人几乎没人承认那是恰当的，也不会有人同意他这种举动。不，大家所称赞的是汤姆表现出来的智慧和勇气，有些低声议论是：

"他不是神经病，他的大脑是清醒的。"

"他那些问题问得非常恰当，他这样突然采取果断的方法处理了这个案子，和他本来的天性太像了！"

"太好了，他的疯病终于好了！他不是小傻瓜，而是真正的皇帝，他简直比他的父王还要有魄力。"

御前弥漫着敬佩的声音，汤姆当然也感觉到了，使他大大地放心了，同时也使他全身充满了信心。

然而他那高涨的好奇心一会儿就让他忘了这些愉快的想法和胜利的情绪，他迫切地想要知道那个妇人和那个姑娘到底是遭了什么致命的大祸。接着就由他下达旨令，把那两个即将要死的、怯懦的女犯人带过来。

"她们两个犯了什么罪？"他向执法官问道。

"启禀陛下，有人控告她们犯了滔天大罪，并且证据很充分，所以法官就依照法律判决她们绞刑。她们的罪行是把灵魂出卖给了魔鬼。"

汤姆心里一颤。人家曾经告诉过他，要憎恨这种罪人。但是不管怎样，他还是不想放弃这个机会，非要尝试那满足好奇心的兴奋不可，于是他就问道：

"她们是在哪里干的这件事情？什么时间干的？"

"在十二月某天半夜里，在一所简陋的教堂里干的，陛下。"

汤姆又是心里一颤。

"当时有谁在场？"

"只有她们两个，陛下，此外还有'那一个'。"

"她们认罪了吗？"

"没有，她们没有承认，陛下，她们拼命否认。"

"那么，请问是怎样发现的？"

"有几个见证人看见她们去了教堂，皇上，然后就引起了怀疑，接着又有些确切的证据证明了这种怀疑的真实性。最主要的是她们利用这样得来的魔力，实施了一场暴风雨，把周围一带地方全部毁坏了。有四十多个见证人证实了存在这场暴风雨，事实上即使要找一千个见证人也很容易，因为大家都受了这场暴风雨的灾害，当然都会记得。"

"这确实很严重啊。"汤姆把这个奇异的罪行反复地推敲了一会儿，接着问道：

"她也受了这场暴风雨的灾害吗？"

现场的人当中有几位老人浅浅地笑了，意思是表示这个问题问得很到位。但是副执法官并没有看出它有多么重大的意义，他直接回答道：

"当然是的，皇上，但这是她自找的，大家都同意这个说法。大风摧毁了她住的房子，她自己和她的孩子都被弄得流离失所了。"

"她施展魔力却给她自己造成这么大的灾难，我看她为这种魔力付出的代价也太大了。即使她只花一个铜板，那也是上当了。更何况她能够把她自己和她的孩子的灵魂作为代价，这只能说她是疯了，既然她是疯了，当然更不知道她自己到底做了什么事，因此也就不构成犯罪了。"

那些年长的人再次微笑，称赞小国王的聪明。还有一个人悄悄地说："如果像谣言所说的，国王是个疯子，那么我所认识的某些人要是能借上帝的力量，染上他这种疯病，反倒可以使他们变得更聪明一点哩。"

"这孩子几岁了？"汤姆问道。

"启禀陛下，九岁。"

"法官，请你回答，依照英国法律，儿童也可以和人家订约，出卖自己吗？"汤姆转过脸去，向一位有学问的法官问道。

"陛下，法律不允许儿童自己决定或者干预重大事情，因为他们不够成熟，还不能对付成人的聪明和判断力。如果魔鬼愿意的话，他能买一个孩子，孩子也可以自己作主，但是在英国不会发生，只要是英国人，他们的契约就无效。"

"英国法律限制英国人的特权，反而让魔鬼得逞，这会是一件很羞耻的、不符合基督教精神的事情，制定这条法律是缺乏依据的！"汤姆严肃而又激动地大声说道。

不仅他对这件事情的独到见解引起了许多人赞同，而且更多人把它记在心里，准备在宫廷里到处流传，以证明小国王不仅在精神方面有进步，甚至于更聪明呢。

那个年长的女犯人已平静了许多，她怀着激动的心情和逐渐增长的希望，集中精力地倾听着国王的话。汤姆看到了她的表情，这使他的同情心猛烈地倾向这可怜的、无助的女人，接着他又问：

"她们掀起暴风雨是怎么办到的？"

"启禀陛下，她们用的是脱下袜子的办法。"

这使汤姆不敢相信，同时也把他的好奇心激发到最大限度，他迫切地问道：

"太不可思议了！她们这种动作随时都有这么恐怖的效果吗？"

"随时都有的，陛下。至少是，只要她有这种意向，而且还念些她们的咒语，无论是默念或是在嘴里念都行。"

汤姆转向那女人，急切地说：

"施展你的魔法吧——我期待看见一场暴风雨！"

那些在场的迷信的人忽然都心惊胆战起来，大家都想逃离这个地方，只是没有表现。但汤姆对这一切都毫不在意，所以除了他所要求的那场暴风雨，他对什么事情都不会理会。他看见那女人脸上的一种窘迫和诧异的表情，就很兴奋地补充了两句：

"不要担心，决不会怪你。最重要的是，我还要释放你，不许任何人伤害你。施展你的魔法吧！"

"啊，国王陛下，我根本不会什么魔法，我是被人冤枉了。"

"你的恐惧心理导致你不敢施法。尽管放心做吧，肯定会还你清白的。你召唤来一场暴风雨吧，哪怕是顶小的一场也不要紧。我既不渴望大暴风雨，也不想去害谁，我的愿望刚好相反——只要你这么做，就赦免你的刑罚，一定放你走，也让你带着孩子走，这是皇上的特赦，在全国你永远都不会受到伤害和欺负。"

那妇人扑倒在地，悲哀地发誓说，她确实没有这种伟大的魔力，不然只要服从国王这个命令，就可以得到如此大的恩典，单只为了保住她孩子的命，她也无怨无悔，自己还愿意牺牲性命。

汤姆又旁敲侧击，那妇人还是坚持她的控诉。最后，汤姆说了：

"我认为这个女人说的是实话。换作我的母亲处在她的境地，也有魔鬼的本领，那她肯定毫不犹豫，会立即唤来暴风雨，把整个世界都毁掉，如果她施展魔法，就可以保住我被判死刑的命，她必定会那么干！可见母亲们的天性是同样的善良。现在我免你的罪，太太，你和你的孩子都被赦免了，因为我认为你们是无罪的。你现在既然被赦免了罪，再没有任何顾忌的了，那就施展你的魔法吧！你如果能给我掀起一场暴风雨，我就能让你享受荣华富贵！"

那得救的可怜人无法表达她的感激之情，接着她就开始准备"作法"。汤姆用焦急的眼神望着她，多少还有一些害怕，同时大臣们都显出明显的惊恐和不安。那妇人脱了袜子，还脱掉了她的小女孩的袜子，她显然是努力想要引起一次地震来报答皇上的圣明，但是结果却不尽人意，使人们很扫兴。汤姆叹了一口气说：

"至此为止吧，好人，你没必要白费力气了，你的魔力已经丢掉了。你安心地走开吧。随便什么时候，如果你恢复了魔力，要记得找我，一定要为我表演掀起一场暴风雨呀。"①

第十六章　御餐

御餐的时间渐近了——但是说真的，这个念头并没有让汤姆惊慌，恐惧的心理更是荡然无存。那天早上的事情已经有力地增强了他的信心。经过四天的磨炼之后，这个可怜的孩子，已经在他这个新奇的栖身之地过得

---

① 著名的脱袜案——有一个女人和她九岁的女儿在亨廷顿被处以绞刑，罪名是她们把灵魂出卖给了魔鬼，脱掉袜子引起了一场暴风雨！——休谟著《英国史》第 20 页——原注

很踏实了，比一个成年人还要适应这。小孩子适应环境的本领表现得最出色。

现在那些享有特权的人已赶到大宴会厅了，瞧那儿的人如何替汤姆安排一切的呢，以便他进行这次隆重的御餐的情况呢。大宴会厅是个华丽的房间，大柱和墙柱都涂着金漆，墙上和天花板上都绘着各种图画。英勇的卫士站在门口，一动不动，如雕像一般，他们都拿着长柄的戟，穿着精致的服装。宴会厅的四周有一道高高的台阶，在那上面有一个歌舞团，还拥挤着许多看热闹的市民，他们都穿着鲜艳的衣裳。在屋子的正中央的一个高台上，摆着皇上的餐桌。此刻让古代的史官来叙述吧：

"一位侍臣拿着权标慢慢地走进屋里来，和他同来的那位手里拿着台布，他们两人极其庄严地跪拜了三次之后，拿台布的那位就把台布铺在餐桌上，接着他们又跪拜了一次，然后齐齐地退出；接着又进来了两个，一个还是拿着权标，另外一个双手捧着一只盐瓶子、一只碟子里放着面包，像先来的那两个人一样，他们下跪之后，把带来的东西放在桌子上，接着行了同样的礼，退了出去；最后，来了两位优雅的贵族，其中一个拿着一把尝味的刀，他们以极度自豪的态度拜倒一番之后，然后走到桌子跟前，用面包和盐擦了一遍桌子，他们都显出万分庄严的神情，就像国王在场一般。"①

神圣的准备工作做好了。这时候，一阵号声远远的从发着回声的长廊里传来，然后是一阵模糊的喊声："给陛下让路！快给最圣明的国王陛下让路！"这些声音不断地重复着，而且越来越清晰了，最后，军号的声音几乎就响在我们面前，同时还有响亮的喊声："给国王让路！"这时隆重的队伍出现了，大家按次序整齐的从门口走进去。接下来还是交给史官来叙述吧：

"侍从、男爵、伯爵、嘉德勋章爵士在前面带路，穿得都很排场，没戴帽子；接着是大法官，两个侍从在他左右，一个捧着国王的御笏，另一个捧着装在红鞘里的御剑，鞘上镶着金色的百合花纹，剑梢向上；后面来

_____

① 见雷伊·亨特的《京城》. 这是引用一位古代游览家的话。

的是国王——他一出现，十二支号和许多鼓一齐响起来致敬，表示热烈的欢迎。同时，长廊里的人们都原位起立，欢呼'上帝保佑陛下！'随侍的贵族跟在国王后面，左右有国王的御前警卫，那就是那五十名拿着金色战斧的侍从卫士。"

这一切都是隆重盛大、充满喜庆的。汤姆的心跳加速了，眼睛里闪烁着快乐的光芒。他的举止相当得体，尤其是因为他觉得自己是真实的表现，也就更加自信了。因此，他这时候看见四周那些赏心悦目的情景，听见那些动听的声响，就感到情绪高昂，别的事全都顾不上了——同样无论是谁，穿着那种非常合身的精美衣服，既然已经开始习惯了，自然会变得顺眼了——特别是当他暂时忽略这个的时候。汤姆还记得他所受过的训练，微微点了一下他那顶着翎毛的头，表示答谢致礼，而且还亲切地说了一声："感谢你们，敬爱的臣民！"

他坐在餐桌前，并未摘下帽子。虽然如此，他依然镇定：戴着帽子吃饭是国王们和康第家里的人都具有的相似的皇家习惯，就他们对这种习惯的熟悉程度来说是不分伯仲的。随侍御驾的行列分开了，很整齐地，他们成队站好，依然不戴帽子站着。

随着悦耳的音乐声，御前卫士们依然走了进来，他们都是英国最高大威猛的勇士，他们就是依据身高和力气的标准选拔出来的。现在我们还是让史官来叙述吧：

"御前卫士们进来了，他们并没有戴帽子，一律穿着大红制服，背上绣着金色的玫瑰花；卫士们依次来回地走着，每一次都端进一盘菜肴。一位侍从接过每一盘菜肴，按照那些人递菜的仪式把一盘一盘的菜接到手，然后放在餐桌上，同时另一位试食官把端来的每一道菜分别让每个卫士尝试，以防有毒。"

汤姆痛痛快快地吃了一顿，但总是觉得有成千上万双眼睛看着他吃盘中的菜，盯着他吃下肚去，即使他吃的东西是一种致命的炸药，能够把他炸得惨不忍睹，那也不会引起他们更深切的注意吧。他注意到要镇静，同时也注意到任何事都不亲自动手，等着那跪着的专职官员来做。他一直把这顿饭吃完，好在没有出错，这是一次伟大的成功！

用餐终于结束了，由那壮丽的侍从行列簇拥着他离开的时候，响亮的号声、隆隆的鼓声和悦耳的欢呼声震耳欲聋，于是他就感觉他虽然痛苦地熬过了当众用饭的难关，但是，如果这样的考验，便可以摆脱国王应做的其他苦事，那么，即使他每天多吃几次这样的苦头，他也是毫无怨言的。

第十七章　疯子一世

迈尔斯·亨顿匆匆地往伦敦桥靠南市的那一头奔跑，一面仔细地搜寻他所要寻找的那几个人，期望着很快就能发现他们。可是结果却令他大失所望。他到处问，终于在别人的指点下他在南市追了一段路程，后来就完全无影无踪了，他简直不知所措。但是，那天他仍然拼命地找，一直找到天黑。黄昏的时候，他又累又饿，而他的梦想仍旧是没有实现。于是无奈地在特巴客栈吃了晚饭，他就睡觉了，决定第二天早些动身，到伦敦彻底搜寻一遍。躺在床上，他一边想，一边计划，接着就开始设想：只要有机会，那孩子肯定会从他那真假不明的父亲手里逃脱，他是否又会回伦敦去找他曾经住过的地方呢？不，他肯定不会那么办，他要避免再次被人抓住的风险。那么，他到底会怎么办呢？他本来一直就没有任何朋友，更不会有谁保护他，直到最后遇到我迈尔斯·亨顿，才算是得救了，所以只要他没有冒风险，再安全地到伦敦去，他当然就会设法再找到我。他会往亨顿宅第去，那才是应该我做的，因为他知道亨顿正在往家走，他在那儿应该可以把他找到。对，亨顿对这件事情信心十足——他不会在南市再耽搁了，一定马上穿过肯特郡，向僧人洲前进，一直在森林中搜寻，同时找人探询。

我们现在讲讲那失踪的小国王吧。

客栈里的茶房在伦敦桥上看到那个流氓快要跟那个年轻人和小国王会合了，其实实际上那个流氓并没有真正和他们走到一起，但紧紧尾随着他们，只是静静地跟着。他用吊带吊着左胳臂，左眼被一块绿色的大眼罩罩着，他腿有点毛病，拄着一根橡木拐杖。年轻人带着小国王穿过南市，然后又走了一段弯曲的路，很快就走到郊外的大路上了。但是小国王发怒了，他说他不走了——亨顿应该到这儿来见他，而不应该让自己去找他。他实在受不了这样傲慢无礼的对待，所以他就要不再往前走了。那年轻人说：

"你想在这儿呆着，难道是想让你受了伤的朋友躺在那边的树林里无人关心吗？当然可以，随你的便吧！"

小国王的态度立即就改变了，他大声问道：

"他受伤了？是谁胆子这么大？不过待会儿再说。我们快点往前走吧，继续往前走吧！快点，小子！你脚上绑着铅锤吗？他真的受伤了吗？哼！即使是公爵的儿子干的，我也决不饶他！"

那儿离树林虽然有相当一段距离，但是很快他们就走到了。那年轻人四处看了一下，发现地下插着一根树枝，一小块碎布片拴在上面，接着他就带着小国王走进树林里去，还处处留意类似的树枝，过一会儿就发现另外一根，这些树枝显然是路标，把他引到要他们去的地方。最后他们在树枝内指引下走到了一片空旷的地方，那儿是一座烧焦了的农庄的遗址，附近还有一个日渐倒塌和衰败的谷仓。四下里并没有任何人的踪影，幽静笼罩着一切。那年轻人走到谷仓里去，小国王急切地尾随其后。那儿却什么人都没有！国王用不相信的眼光瞥了一下那年轻人，问道：

"他在哪里"

那年轻人却只是嘲弄地大笑一声，小国王立刻就大发雷霆，他随手拿起一块木头便要往那年轻人身上打去，突然却又听见另一声嘲弄的大笑。那笑声是那个流氓发出来的，他一直远远的跟着他们。小国王立即转过身去，非常生气地问他：

"你是谁？你怎么会来这里？"

"别装傻了吧，"那流氓说，"安静点儿。我的化妆技术当然并不算好，但你总不能故意假装不认识你的父亲吧？"

"你不是我的父亲！我根本没见过你！我是国王！是不是你把我的仆人藏起来了，你把他给我找来，不然，你干了坏事，我一定不会饶了你的！"

约翰·康第用残酷无情的声调回答说：

"你这个疯子，我本不想处罚你，可是如果你惹我生气，我就会揍你！在这儿你胡言乱语倒是没关系，反正没人会理你的，可是你还是要收敛一点，不许乱说，以免我们搬了家后，惹出是非来。我是杀人犯，在家里不能呆了。你要时刻跟着我，因为我需要你帮忙才行。我已经改了姓，这是个不错的办法，改成了霍布斯——约翰·霍布斯。现在你叫贾克，别忘了。好，老实说，你母亲在哪儿？还有你姐姐她们呢？我在约定的地方没找到她们，你知道她们去了哪儿吗？"

小国王严肃地说道着：

"你不要说这些奇怪的话让我费神。我的母亲已经去世了，我姐姐她们都在皇宫里。"

那个站在一旁的年轻人爆发出一阵嘲讽的笑声，小国王奔向他，可是康第——按他新的姓，就是霍布斯——挡住了他，一面说：

"别笑，雨果，你别招惹他吧，他的神经有问题，他讨厌你的反应。你坐下吧，贾克，乖一点儿，我还要给你点吃的哩。"

霍布斯和雨果窃窃私语着，小国王尽量远离他们。他躲到谷仓另一头的小角落里，发现那儿铺了一层厚厚的稻草。他在那上面休息，扯了一些稻草盖在身上代替毯子，然后一心一意地沉思起来了。他经历了许多痛苦，但是有一件伤心事淹没了那些较小的苦痛，让忘记了他的父亲死了。在所有其他人心里，亨利八世的名字是令人憎恨的，它使人联想到凶残的恶魔，鼻孔里喷着杀人的毒气，带给人的全是灾难和死亡。但是对于可怜的小国王，父亲的名字充满了欢快的回忆，父亲的形象都是和蔼可亲和呵护备至。小国王心里回忆起他和父亲之间一连串美好的往事，很愉悦地细细回味着，他一直流下的泪水表明他对父亲有着多么深厚而又真切的悲伤啊！那天下午一点点过去的时候，他终于因悲哀而困倦，渐渐进入放松的醉睡了。

过了很长的一段时间之后——他自己都不知有多久了——他渐渐地回到一种半醒状态，于是他闭着双眼躺着，迷茫地想着他现在是在什么地方，刚才遇到了什么事情。这时候，他听到了一阵低沉的响声，那是雨点落在屋顶上孤寂的声音。一种舒适的感觉传遍了他的全身，但是很快地又被一阵阵嘈杂吵闹的声音淹没了。这阵嘈杂很讨厌地惊醒了他，于是他扯开身上盖的稻草，看看外面的这种烦人的声音。一幅可怕而又难看的情景出现在他的眼前：谷仓的另一头是一堆熊熊的火。一群脏兮兮、破烂不堪男女混杂的流浪汉和歹徒在火的周围，横七竖八，有的趴在地上。通红的火光照得他们不成人样。他无论如何都没有见过这些角色。他们当中有五大三粗、长相凶狠的男人，因风吹日晒而皮肤黑黄，长发披散，穿着样式古怪的破旧衣服；也有中等身材、行动粗鲁的年轻人，穿着更是破烂；还有瞎眼的乞丐，戴着眼罩，或是缠着布条；还有瘸腿的，装着木腿或者拄着丁字杖；而且还有一个丑陋无比的小贩，带着他的贩卖品；还有一个磨刀匠、一个修锅匠、一个剃头匠兼外科医生，他们带着各自的工具；当中有一些女人是年纪还不大的姑娘，有一些正处在青春时期；还有就是年纪大的、面色枯黄的母夜叉，每个人都是嗓门很大、脸皮很厚、满口脏话的家伙；所有的人都不修边幅，邋遢不堪；此外还有三个脸上生疮的小孩子；还有两条皮包骨的丑狗，脖子上套着绳子，它们给瞎子引路。

黑夜降临了，刚刚饱餐完毕，那一伙人就开始找乐子，酒罐子被你争我夺，喝个没完。他们一齐呼喊道：

"唱个歌！来一首吧，蝙蝠和木腿阿三！"

瞎子当中有一个站起来，拿掉遮住他那双漂亮的眼睛的眼罩，丢开写着他的不幸的那张纸牌子，准备唱歌。木腿阿三取下他那条多余的木腿，用他那双结实的真腿站在他那位"瞎子"身旁。接着，他们响亮大声地唱了一首嘻嘻哈哈的小调，当唱到一半的时候，所有人就齐声欢呼着和唱。后来到了最后一节时，他们那种半醉的热情就涨到了极点，于是众人都大声地，从头一直唱到末尾，唱出一股令人厌烦的声音，震动了夜空。

那一段动人的歌词是这样的：

> 离别了，我们的窝，
> 不要忘记，未来的路在我们脚下；
> 再见了，家乡，等待着我们的，
> 是树上的绳结和沉睡的长眠。
> 我们将在夜里打秋千，
> 在半空中来回飘荡；
> 我们留下的那些破旧玩意，
> 将被冤家们拿去分赃！

接着大家一起聊天，他们用的并不像刚唱的贼帮黑话来交谈，因为他们为避免被外人听见的时候才这样。无意中他们透出了消息，原来"约翰·霍布斯"真的不是刚加入的生手，而是早就是帮里的一员。大家让他讲一讲最近的情况，当他说到"偶然"杀死了一个人的时候，大家都表示相当满意；接着他指明那是个神父，于是他就受到所有人的赞赏，并且还必须陪每个人喝一杯酒；老伙计们精神振奋地迎接他，新加入的伙伴们也以和他握手为荣。当别人问他"一去那么几个月不回来"的原因时，他回答说：

"伦敦比乡下好，并且近年来比较安全些，由于法律非常严厉，而且又很严肃的执行，因此如果不是出了那桩事情，我不会回来的。我本来打算好了要在伦敦住一辈子，再也不会回来的，没料到后来发生了这样的事，于是我的计划被打乱了。"

他问现在帮里有多少人，被叫着"帮主"的贼帮首领回答说：

"二十五位能干的溜门子的、溜兜儿的、二仙传道的、讨百家饭的、追孙儿的，包括那些追孙儿的姑娘和一些老娘儿们①。多数在这儿，有的

---

① "溜门子的"是溜进人家偷东西的小偷。"二仙传道的"是两人合伙行窃的小偷。"溜兜儿的"是扒手，"追孙儿的"是追随行乞的乞丐。"讨百家饭"的是挨家挨户行乞的乞丐。这些名称都是在贼帮和乞丐们当中通用的。

往东边去了，打冬天的起发①去了，等天亮，咱们也就跟上去。"

"在这儿，我看见了很多忠实的弟兄姐妹，可是为什么没有看到'肉疙瘩'？他在哪？"

"可怜的小伙子，现在他一个人，像他那么爱热闹，确实是太孤独了。今年夏天他不知为什么跟人家吵架，被人家打死了。"

"我听了真难过。'肉疙瘩'是个聪明人，也挺有思想。"

"他真不错，真的。他的姑娘黑贝西还留在这，但是现在她有行动，随他们往东去了。她是个懂事的好姑娘，性情很温和，很少看见她常常喝醉，一个礼拜里最多也不过那么四天吧。"

"她一向很礼貌的——我还记得她的样子——真是个可爱的姑娘，很值得夸奖。她母亲比她更随便，不那么规矩。她是个喜欢骂人的、性格暴躁的刁婆娘，可是天生有些鬼聪明，强过一般女人。"

"所以，她送了命。因为会相手，还会别的算命本事，她后来就有了出息，人家喊她巫婆。官家抓走了她，对她施了火刑。我看见她临死的时候的挣扎，实在是很感动，心里真难受：火势很凶，烧到她脸上，烧着了她枯黄的头发，围着她那灰白的头烧得吱吱作响，可是，她还是凶狠地咒周围那些指指点点看热闹的人，拼命大骂——我是说咒骂他们吗？——对，咒骂他们！嘿，哪怕你见识再少，也没见过她那么骂得在行的。唉！自从她死后，她骂人的本事就绝传了。现在虽然有些学她的，然而都很扭捏，不够味儿，称不上真正的骂功。"

帮头叹了口气，所有人也跟着悲伤，一股普遍的沮丧情绪暂时压制在他们身上。这些冷酷的流浪者的情感也并未完全麻木，他们偶尔在某地场合下，就会有转瞬而逝的哀悼和悲痛，就像这次，他们惋惜一个这样有天才、又有本事的人物去世了却没有留下继承人的时候，就有这种感触。但是，随后他们一齐畅饮了一番，悲伤很快就不复返了。

"咱们帮里还有什么人倒了霉吗？"霍布斯问道。

"还有几个。主要是新入伙的，那些老实人，他们的土地被富商夺走

_____

① "打起发"是黑话，意思是行窃、行乞或抢劫。

了，变成了牧场，他们就不能生存，只好乞讨。他们到外面讨饭吃，警察把他们抓来关在大笼子里，腰身以上都脱得精光，用鞭子抽打，抽打得皮开肉绽；接着给他们戴上刑具，再用棍子打；而后他们当了叫化子，又挨揍，还被人家割掉一只耳朵。他们正得去讨饭吃——可怜的人们，除了讨饭，他们还能怎样？——结果人家拿烧红的烙铁给他们烫上记号，卖去当奴隶；他们逃出来，又被抓回去，生生地绞死。这只是说个笼统情况，我说得也挺快。我们这伙里有些人就正好一点，喂！约柯尔、朋斯、霍纪，你们三个快把你们受的伤亮出来瞧瞧！"

他们于是站了起来，脱去上半身衣服，露出脊背来，那上面全是挨打时留下的横一道、竖一道的鞭痕。其中有个拨开头发，露出被割掉的左耳朵的地方；另外一个的肩膀上有被烙的"游"字①，他也撩开头发，露出了一只剩一半的耳朵；另一个人则说：

"我叫约柯尔，从前是种地的，本来我的日子过得很快乐，有亲爱的一家人，那时我的境况、行业和现在都大相径庭。现在，老婆和孩子都没有了，希望他们去了天堂，也可能——也可能到了另外那个地方②去了——无论怎样我都得感谢仁慈的上帝，因为他们总算都脱离英国了。我那敬爱的、善良的老母亲靠伺候病人挣饭吃，突然有一个病人死了，医生也不清楚是什么原因，结果诬蔑我母亲是个巫婆，把她活活地烧死了，我的孩子们目睹了全过程，吓得要死。哼！残酷的法律！大家都站起来吧，拿起酒杯！我们一齐来，一齐大喊一声：'为咱们这仁慈的英国法律干杯！'谢谢它从活生生地狱里把我母亲救出去了！谢谢兄弟们！朋友们！谢谢大家！我沿街乞讨，挨家挨户地讨，我和我老婆背着可怜的孩子们讨，然而在英国，饿肚子也算违法！他们脱掉我们的衣服，用鞭子抽打着我们到处游街示众。请大家为这仁慈的英国法律再干一杯吧！因为它的鞭子喝饱了我妻子的鲜血，很快她就从残酷的地狱里被救出去了——她躺在那里的乱葬岗子，谁也不会再折磨她了。还有我可怜的孩子们，法律拿鞭

---

① 当时反动统治者实行"圈地法"，弄得农民没有生路，逼得他们到处流浪，又加上，游荡"的罪名给他们。

② 指地狱。

子抽打着我从这个城市到另一个城市游街示众的时候，他们就活活地饿死了。再次干杯吧，朋友们，就喝一点儿，为我那几个孩子喝一点儿，他们真是没有一点错呀！我只好继续讨饭，讨点儿残汤剩饭吃，结果就被他们戴上脚枷，割掉一只耳朵。看！这就是剩下的耻辱！我还得讨饭，看，另外这只耳朵也只剩下耻辱了！可我还得接着讨饭，后来就被他们贩卖为奴隶。我脸上这块黑的下面，我如果洗干净的话，你们就可以看见一个通红的'奴'字，这是永远的印记！奴隶！你们知道这是什么意思吧？英国的奴隶呀，现在就站在你们面前！我从主人那儿逃了出来，要是我被人家抓回去——哼！咱们英国法律这么残忍，真是该遭天谴！——我就得被人家绞死呀！"①

正在这时，一个坚决的声音忽然从黑暗的角落里传来：

"你决不会！从现在起，那条法律就废除了！"

大家都很诧异地，看着小国王那弱小的身影急促地走了过来，等他出现在火光中看得一清二楚的时候，大家就争相问起来：

"他是谁？"

"怎么啦？"

"你是谁呀？小家伙。"

在大家困惑的眼光注视下，这孩子大方地站着，用帝王的气势回答道：

"我是大英国国王爱德华。"

接着人群里爆发出一阵阵的笑声，这一半是因为嘲讽，另一半是因为他们喜欢这个很有趣的玩笑。

小国王生气了，他威武地说：

"你们这群刁民，皇上如此地恩惠你们，你们用这样表示感恩吗？"

---

① 惩治奴隶的法律——一个这么年轻的国王和一个这么无知的农民是容易犯错误的——现在这件事情就是一个例子。这个农民是"提前"受着这种法律的祸害，而小国王所痛骂的法律当时也还没有——因为这种可怕的法令是在这位小国王在位的期间制定的。但是从他那仁慈的性格我们就可以知道，这种法令肯定不是他所提议的。——原注

他又很生气说了别的话，还做了一些激动的手势。最终，大家的狂笑声和嘲讽的喊声淹没了他的话。"约翰·霍布斯"大声嚷了好几次，为了使大家在嘲笑之中能听见他的话，最后，他终于达到目的了，他说：

"哥儿们，他是我的儿子，喜欢做白日梦的小子，是个傻瓜，绝对的疯子！大家不用理他，他真以为他真是个国王哪！"

"我就是国王。"爱德华严肃地对他说，"你早晚会知道的，可惜你就该倒霉了！刚才你供出了杀人的罪，我会判你绞刑。"

"你要告发我呀？你！要是我抓着你的话……"

"啧！啧！"身体健壮的帮头赶快解围，这才救了小国王。帮头不仅嘴上帮了忙，而且还动手，把霍布斯打倒在地。帮头骂他说："对国王和帮头你都要放肆吗？你如果再在我面前如此粗意，我就要亲手绞死你！"

然后他又对国王陛下说："孩子，你千万别出卖自己的伙伴，到外边你可得管好你的嘴，别说自己人的坏话。如果你这疯子愿意当国王的话，你随便吧，但是你别惹出祸来。你快忘记刚才说出来的称呼吧，那是犯死罪的，虽然我们都有小小的过错，算是坏人，但是我们从来没有人能背叛皇上呀！对皇上，我们都是很尊重、很忠心的。你看我是不会骗你的？来，大家一齐大声喊：'我们的大英皇上爱德华万岁！'"

"大英皇上爱德华万岁！"

众人一致的呼声甚是响亮，这喊声震动了那破旧的房屋，小国王脸上顿时露出了喜色，他微微地点一点头作为答礼，他用庄严而又不失风度的态度说：

"谢谢你们，我忠实、可亲的百姓！"

这个回答更让大家笑得合不拢。待众人稍微冷静点的时候，帮头就一本正经而又亲切的语调说：

"抛弃这些吧，孩子，这绝对不是个聪明的玩笑，而且还非常危险。你如果非得异想天开地高兴不可，那也行，可是你要改个名称才好呀。"

有个补锅匠扯着嗓子喊着，提出了一个名称：

"疯子一世——傻子国的皇上！"

这个称号得到了众人的欢迎，大家全都立刻响应，吼成了一片：

"傻子国的皇上疯子一世万岁！"接着，又是一阵嘲讽和讥笑的声音，还有连续的哄笑：

"把他拥过来，给他戴上王冠！"

"给他穿上御袍！"

"给他权标！"

"扶他登上宝座！"

除了这些喊声之外，还有不同的喊声，一齐爆发了。当这个备受折磨的小可怜虫还没有意识到的时候，有个人拿起一只洋铁盆当作王冠给他戴上；然后给他披上了一条破毯子，当做御袍；他们强把他抱到一只木桶上坐下，当作他的宝座；接着，又把补锅匠的焊烙铁塞到他手中，当作权标。最后，大家拥着他跪倒在地上，一齐发出冷笑的哭诉声和无聊的哀求声，同时，用他们那又破又脏的袖子和围裙擦着双眼：

"仁慈的皇上啊，请饶了我们吧！"

"高贵的皇上啊，请您宽恕我们这些卑微的可怜虫吧！"

"可怜您的奴才吧，请陛下赏赐我们一脚，让我们高兴高兴吧！"

"神圣的陛下哪，请把您善良的光辉照到我们身上，让我们也幸福吧！"

"请您用御脚踩一踩地，让它沾上点福气，然后我们来吃您踩过的土，也允许我们也变得高贵一点吧！"

"皇上啊，请您赏赐，吐口唾沫在我们身上，让我们的子孙后代永远记得您的恩典，永远都感到骄傲、自信吧！"

那个幽默的补锅匠表演了那天晚上最滑稽的一幕，他跪下来，佯装着亲吻小国王的脚，结果被小国王愤怒地踢了一脚。他挨完之后，就迅速找了一块布片，贴在刚刚被国王踢过的地方，他说一定要珍惜那块地方，不让它接触肮脏的空气；还说他可以到大路上去炫耀，揭开来给别人看，每次收一百个先令，一定会发大财。他的表演非常生动，于是他就成了那一群下贱之徒中最受人羡慕的角色了。

小国王的眼睛里迸出绝望的眼泪，他认为："如果是我让他们受了罪过，他们对我也不能如此呀！更何况我已经答应给他们施恩，就决不会食言；可他们竟偏要这么以怨报德！"

第十八章　王子与游民一同流浪

在黎明的时候，那队游民开始准备，接着就开始行动了。头上是阴暗的天空，脚下是泥泞的土地，空中有冬季的冷酷。这一群人的快乐情绪早已不见踪影，有的垂头丧气，不言不语；有的烦躁而易怒，没有谁是开心的，大家都感到口渴。

帮头给雨果简单地交待一下，就把"贾克"交给他看管；并且命令约翰·康第距这孩子保持距离，别招惹他；他还告诫雨果，不能对"贾克"过于凶狠。

不一会儿，天气开始放晴了，天上的乌云慢慢散开，那一群人不再无精打采了，他们的精神也逐渐愉悦了。他们越来越开心，后来就开始打闹，并且还谩骂大路上的行人。这就说明他们渐渐从苦闷中解脱了，开始欣赏生活和享受生活带来的乐趣了。人们见到他们会主动让路，温顺地忍受他们那种下流的侮辱，没有人会还击，这很清楚地表示人们对他们很是害怕。他们有时候把篱笆上晾着的麻布衣服抢走，尽管主人知道，也不敢反抗，反而庆幸他们没有把篱笆一起拆走。

接着他们就霸占了一个小农庄，命令式地让主人好好招待他们。这个农家的主人和他家里的人胆颤心惊地拿出全部食物来，供他们早餐。从这家女主人手里接过食物的时候，他们都要顺手摸摸她们的下巴，开些下流的玩笑，还要给她们取几个讽刺的绰号，不断地对她们哈哈大笑。他们把骨头和蔬菜扔到那家人的身上，迫使他们左右回避，如果打中了，他们就嘲讽地喝彩。后来，有一个女儿对他们的行为表示不满，他们就在她头上抹上奶油。闹完以后，他们还警告这家人，要是把他们干的事情揭发了，一旦让官家知道了，他们不但要烧毁这所房子，而且还要烧死他们全家！

中午的时候，经过了长时间的步行之后，他们在一个比较大的村子附近停下来了。大家休息了一会，然后就独自行动，从不同的入口进入这个村庄，施展他们各自的绝技。"贾克"被分派和雨果同行。他俩来回地观察了一会儿，雨果一直在找目标想打个起发，然而一无结所获，于是后来他就说：

"我找不到任何可偷的，这个地方真是穷，所以咱们只好去讨钱了。"

"哼！'咱们'！没有我，你自己去干你的本行吧，这对你很合适。我是不会那样做的。"

"你不去讨钱？"雨果诧异地盯着小国王，大声地骂他，"请问，你是什么时候变得神圣了？"

"你这是什么意思？"

"什么意思？你不一出生就一直都在伦敦街上四处讨钱吗？"

"我？你这混蛋！"

"你别随意骂人，说你自己吧！你父亲说你就是干这个的。或许是他撒谎，可也说不定是你胆敢说他撒谎。"雨果嘲讽地说。

"你是说自称是我父亲的那个家伙吗？你说的对，他是在撒谎。"

"算了，别在装疯卖傻了，哥儿们！你拿它开开心没什么大不了，可别自讨苦吃。我如果把你这句话告诉他，他又要狠狠地揍你了。"

"你不用费心，我早就告诉他了。"

"我很欣赏你这种精神，真的是欣赏，然而我不赞同你的想法。本来，咱们过的日子就够惨了，挨揍的机会多得很，用不着自找没趣，自找倒霉。别再这样了。我是相信你父亲的，我并不怀疑他撒谎，我也不怀疑他偶尔撒谎的，因为我们当中最优秀的人也撒谎哩。然而关于你他没必要撒谎。撒谎是一种本事，聪明的人会好好利用它。那算了，既然你不肯去讨钱，那么咱们干点别的？去抢人家的厨房，好吗？"

国王反感地说：

"你不要再说无耻的话了吧！我听了实在恶心！"

雨果也生气地说："你听着，伙计！你什么都不肯做，那也可以，可是我得告诉你必须干的事儿：我来讨钱，你得配合我。如果你连这个也不干，那你就等着换换吧！"

国王正要用坚决的口气回答，雨果却打断他说：

"别说话！来人了，他的模样还挺善良。现在我假装生病倒在地上，等他向我这儿跑，你就跪在地上哭起来，装作伤心的样子，然后你就大声喊叫，就当作是倒霉鬼钻进你肚子里去了似的，你就说：'啊，先生，他是我可怜的哥哥，现在我们孤苦伶仃，请您行行好，发点慈悲，对这痛苦的、无依无靠的、倒霉透了的可怜虫看一眼吧！丢一个便士给这即将要死的人吧！'——你一定要记住，一直哭，要想得到钱就得哭个不停，否则有你好受的！"

接着，雨果立即倒在地上，开始痛苦地挣扎，同时还转动眼珠子，身子也在颤抖，那个陌生人快到他身边的时候，他就惨叫一声，滚到陌生人面前，开始装出要死的样子，翻来覆去在地上直打滚。

"天哪！"那好心的陌生人喊道，"啊，真不幸啊，可怜的人，他真难受呀！喂！我把你扶起来吧？"

"啊，善良的先生，可怜可怜我，上帝会保佑您这位仁慈的先生吧！我这个病一发作就不能碰，碰一下就痛得要死。我那兄弟会告诉您的，我这个急病一旦发作，会痛成什么样子。尊敬的先生，请给我一个便士吧，您给我一个便士先填饱肚子吧。别的您不用管，就让我自己受罪吧。"

"一个？我给你三个吧，你这可怜的人。"他急切地连忙在口袋里搜寻，拿出来三个便士，"好吧，可怜的小伙子，你拿着吧，我乐于帮助你。喂，小孩儿，过来吧，我们扶你这痛苦的哥哥到那边那座房子里去吧，我们可以在那儿……"

"他不是我的哥哥，"国王打断他的话说。

"什么？不是你的哥哥？"

"唉哟！真是啊！"雨果呻吟着说，接着又暗自愤恨，"他连自己的亲哥哥都不认了，眼看着他哥哥就要死了呀！"

"小孩儿，他如果是你的哥哥，你可真够狠心的，真无情！他手脚简直都瘫痪了。他如果不是你哥哥的话，又是谁呢?"

"乞丐和小偷！他不仅要你的钱，还要偷你的钱。要是你愿意开个仙方，治好他的病的话，那就给他肩膀上揍两棍，其它不用管了，老天爷会安排的。"

然而雨果才不会等着那人开那个仙方，他马上就窜起来，闪电似的跑掉了。那位先生一直在后面追，一面跑，一面扯开嗓子拼命地喊捉贼。而小国王因为自己可以脱身了，真是无限地感谢天地，于是他就朝另一个方向逃跑，直到到了安全地带才放缓脚步。当他发现一条大路时，他就顺着它走，很快就把那个村子甩在背后了。他一刻不停地往前赶，一直走了很久，老是害怕地回头看，担心有人追他，最后，他终于安心了，有了一种愉悦的安全之感。直到这时候，他才觉得肚子饿了，同时也很劳累。于是他就停在一户农家门前，他正想说话，却被人凶狠地粗鲁地撵走了他。原来与他那身衣服有关。

他无助地向前漂泊，心里既委屈，又伤心，下定决心，不再让自己这么受人欺负了。然而，毕竟饥饿战胜了自尊心，夜幕降临的时候，他决定再去试试运气，可是他这回比上次还要倒霉，因为人家臭骂了他一顿，还威胁说如果他不离开，就要告发他把他逮捕起来。

又冷又恐怖的黑夜到来了，可是那疲惫了的小国王依旧不停地勉强往前走。他也必须往前走，因为当他每要坐下来休息休息时，立即就感到寒气刺骨。他在那一片阴冷的黑暗和空虚的无边夜色里走着，一切感觉和经历对他来说都是新奇的。每隔一段时间，他就听见一些断断续续的声音，再从他身边飘过，慢慢消散，变为沉默了，他不知道是什么发出了这些声音，只见一种飘忽不定的、怪异的模糊影子，因此他觉得这一切都有一股妖魔作怪似的、阴森恐怖的意味，这使他害怕。偶尔他瞥见一道光闪了一闪，总是好像飘忽不定，仿佛来自另外一个世界。就算是一只羊的铃子西当的响声，那响声也很遥远、模糊不清的；牛群低沉沉的叫声也被夜间的风吹到他这里来，总是一阵阵飘过去就听不到了，声调也很悲哀；偶尔有一只狗哭诉似的嗥叫声，从那望不到边的广阔无际的田野与森林的上空飘过来……所有的声音都是遥远的，这些让这小国王感觉到所有生命和一切都与他无关，感觉到自己是孤独无依、举目无亲地站在一片漫无边际的荒凉的旷野之中。

这次恐怖的经历使他感到毛骨悚然、惊心动魄，就在这种环境中，他蹒跚地前行，有时还被头上的干树叶子的沙沙响声恐吓到，因为那似乎像悄悄说话的人声，后来他忽然看到不远处从一只洋铁皮灯笼里射出来的斑驳的光线，他便退到阴影里等待着。那只灯笼就放在一个谷仓的开着的门口。他等了一会儿——没有任何动静，也没有人出入。国王呆在那儿，冷得直哆嗦，那准备招待客人的谷仓又充满诱惑力，于是他终于不顾一切危险，下定决心要进去。他轻轻地迅速地开步往里走，当他迈过门槛的时候，他突然听到后面有说话声。他躲到谷仓里的一只大桶后面，缩着身子。农家的两个长工提着灯笼进来了，一面开始干活，一面聊天。他们提着灯笼干活的时候，国王就用力地睁开双眼四处看，发现这个谷仓里好像有个较大的牛栏，他大概记住它的方位，准备等到他们出去的时候，就摸索着到那儿去。而且他还发现了半路上有一堆毡子，打算发挥它们的作用，供大英国王使用一夜。

不一会儿，那两个人结束了他们的工作就打着灯笼出去了，并且在外面把门扣上了。冷得发抖的小国王在黑暗中快速地向那些马毡子那边前进，他拿到它们后，就谨慎地摸索着到牛栏里去了。他先把两条毡子铺在地上当垫子，再把剩下的两条当作被子。毡子又旧又薄，一点都不暖和，此外，还发出一种刺鼻的马臭，这种臭味很是浓烈，熏得他几乎想象吐出来。

虽然国王饱受饥寒，而且疲劳不堪，害怕得要命，最后还是疲惫的感觉胜过了一切，因此他就打起盹来，进入了半醒半睡的状态。当他将要沉入梦乡的时候，却清楚地意识到有个东西碰到他身上！他立刻就完全清醒过来，心跳加速。在黑暗中，那个东西神秘地碰了他一下，就引起了他惧怕的心理，他的心快要跳出来了。他躺着不动，甚至不敢呼吸地倾听着。但是并没有任何反应，也没有任何声响。他继续倾听，静静的，好像是经过很长的一段时间，但是依旧没有任何反应，也没有任何声音，因此他终于重新打起瞌睡来，可是，他突然觉得那个诧异的东西又碰了他一下！这个无声的、神秘的东西轻轻地碰到他身上，真是吓人。这使得国王充满了怕鬼的心理，极度害怕。要怎么做呢？问题就在这里，但是他毫无头绪。他是否应该离开这个比较舒适的地方，逃避这个难以捉摸的恐怖呢？可是他能逃到哪儿去呢？他被锁在这个谷仓里，根本就没有不可能。他想在黑暗中躲避，但是他被围困在那四面的墙当中，还有这个可怜的幽灵不知何时出现，仿佛哪个会伸出那软软的、吓死人的手碰他的脸或肩膀一下，这可实在叫人害怕。那么就在原地不动，整夜忍着这种受活罪的滋味是否较好些呢？不。那么，还有什么其它办法呢？啊，只有一种选择，他意识到——他必须一定要找到那个东西才行！

这事情想着很容易，但是他却不敢尝试。他三次颤抖地把手向黑暗中稍微伸出去一点，然而每次都吓得忍住呼吸突然缩回来，但并不是他真正碰到了什么东西，而是他认为就要碰到什么了。但是，当他第四次终于勇敢的再次伸出手，他就触摸到了一个又软又温暖的东西。这一下几乎把他吓呆了——那当时的环境只能使他想到那是个刚死的、还有些热气的尸体，而没有其它的。他觉得宁肯死，他也不会再碰它一下了。但是他之所以有这样错误的认识，是因为他不知道人类的好奇心是一种多么神奇的力量。很快的，他又心跳加速地摸索起来了——这是违反他的理智和心愿的——但是无论如何，他继续坚持地摸索着。最后，他碰到了一绺长头发，他哆嗦了一下，但是他却顺着那绺头发继续摸，然后就摸到了一个奇怪的东西，像是一根暖和的绳子似的，再顺着那根绳子往上摸，最后，他摸到了一头酣睡的小牛！原来刚才他摸到的也不是头发，更不是绳子，而是小牛的尾巴！

为了一头睡着觉的小牛——这么个可爱的东西，小国王如此的害怕，吃了如此大的苦，他不免感到很是惭愧，其实他没必要这样想，因为使他恐怖的根本不是那头小牛，而是那诡异的一种根本不存在的东西——在从前那种封建的时代，无论是谁都会有他同样的反应，而且也会同样吃苦的。

　　小国王不仅很高兴因为发现那个让他害怕的东西只是一头小牛，而且还乐得有这头小牛陪伴他。因为他一直很孤独、没有朋友，因此现在能和这么一个下贱的畜生在一起，他也是很高兴的。何况他在人类那里受了那么沉重的打击，遭受了他们那么痛苦的折磨，所以他现在觉得自己终于和一个生物相处，虽然也许它并不具备高贵的品质，却起码有一颗柔和的心和淳厚的精神，不管怎样，总是使他得到了一些安慰，所以他暂时放弃他的高贵身份，和这头小牛交朋友。

　　小牛挨得他很近，他轻易就能够着它。他一边抚摸它那光滑而温暖的背，一边觉得还可以利用这头小牛，得点其它的好处。接着他就起身把他的"床"重新布置，贴在小牛身边，然后，他挨着小牛的背睡觉，扯起马毡子把他自己和小牛都盖了起来，很快地，他就觉得异常的温暖快乐，几乎就和从前他在威斯敏斯特皇宫里躺在鹅绒床上一样。

　　愉快的感觉马上就来了，生活显得有希望了。他摆脱了罪恶和嘲讽的束缚，摆脱了那些下流和野蛮的盗匪，他获得了"爱"，也获得了"家"。总之，现在他幸福了。夜间刮起了大风，一阵阵地在房子外面扫过，吹得这所老谷仓跟着颤动起来，吱吱地直响。随后，风力偶尔减弱，绕过墙角和突出的一些地方呜呜地往远处去了，可是在小国王心里，竟然都成了音乐，因为他确实是很快乐、很温暖。就让它吹、让它吼吧，让它放肆吧，让它去呜呜地叫、伤心地哭吧，他不再害怕，反而还很高兴。他和他的朋友挨得更近了，心里有一种十足的温暖惬意的滋味，然后就很满足地飞出了清醒的境界，进入那充满平和、愉悦的梦乡，获得了舒适的安眠。外面的狗还在噪叫，还有丧气的牛在哀鸣，狂风仍旧刮个不停，同时还有很大的雨滴砸向屋顶，可是大英国王陛下依旧睡得很香甜，没有任何不安；小牛也是如此，由于它是个老实的牲畜，既不容易被狂风暴雨吵醒，也不会因为和国王睡在一起而害怕。

第十九章　王子在农民家里

　　国王早晨醒来的时候，看见一只全身湿透而且很狡猾的老鼠在夜里爬到他的身上，把他的胸口当做自己的家睡着了。现在它被发现了，就迅速逃跑了。国王笑了一下，说道："可怜的小傻瓜，不要这么害怕？我们一样落魄啊！我自己也是孤苦无依，如果我还欺负你，那未免就太可耻了。反而，我还得感谢你带给我的好兆头呢，因为一个国王沦落到这种地步，但是还会有老鼠在他身上搭铺，那肯定预示他的运气将要好转，因为他显然不能更倒霉了。"

　　他站起来，走出牛栏，突然，他听见了小朋友的声音。谷仓的门被打开了，有两个小女孩蹦蹦跳跳地进来。她们一看见他，立刻愣住了，并且不笑了，她们停下来，一动不动，怀着强烈的好奇心看着他，她们说着悄悄话，随后向他走近了一点，紧紧地盯着他，小声地说话。最后，她们终于很勇敢地大声地说起他来了，有一个说：

　　"他长得很好看。"

　　另外一个接着说：

　　"头发也很漂亮。"

　　"但是衣服真得够破的。"

　　"瞧他那样子，肯定是饿坏了。"

　　她们再靠近一点，很害羞地低着头围着他转，仔细地打量他，好像他是一种什么新奇的动物，但是她们的举动却很细微，好像她们认为他可能是一种凶猛地会咬人的动物似的。她们还是站在他面前，紧紧握着拳头，作防御的准备，同时用她们那无邪的双眼把他仔细地看个够。最后，她们当中的一个鼓起了很大的勇气，直截了当地问道：

"小男孩儿，你是谁?"

"我是国王，"男孩子严肃地回答。

那两个女孩子显得有一点吃惊，她们睁大了双眼，静静地盯着她，她们没有做声。最后，还是好奇心打破了沉默:

"国王? 什么国王?"

"大英国的国王。"

两个女孩子互相对视了一下，然后又看着他，再后又思索着，她俩既怀疑，又无所适从。最后，有一个说:

"你怀疑他说的话吗，玛吉丽? 他说他是国王哩。你相信吗?"

"这怎么不可信呢? 普丽西。我认为他不会说谎。你听我说吧，普丽西，这话要是假的，那就是他撒谎，肯定是的。你想想吧，凡是不可信的话都是谎话，反正没有别的什么道理。"

这个推理很合理、很严密，没有任何疑问，这就使得普丽西的怀疑没有根据了。她想了一会儿，接着就说了一句很直接了当的话:

"你如果真是国王，那我就相信你。"

"我真的是国王。"

这样就解决了问题。她们再也没有疑惑、没有争论，就认定了他是国王。两个小姑娘立即就问他为何会到这儿来，怎么会穿得这么落魄，问他有何打算，还问了他许多其他的事情。现在，小国王已经可以直白地把他的不幸遭遇说出来，不怕被人嘲笑，也不会有人怀疑了，这使他觉得很高兴。于是，他就很激动地讲述他的故事，甚至连饥饿都忽视了。两个善良的小姑娘听了他的事之后，表示非常深切和真挚的同情。但是，当他后来讲到昨天的经历时，她们就明白他已经很久没有吃过东西了，就立刻打断他的话，叫他跟她们回家，要给他做一顿早餐吃。

小国王现在很高兴、很激动了，他心里想:"等我登上了王位后，我一定要善待儿童，记住这两个孩子在我落难的时候是怎样关心我、同情我的话;而那些年纪大的、自认为比小孩子聪明的人们却拿我开玩笑，认为我撒谎。"

两个小姑娘的母亲很热情地接待国王，对他非常同情，因为他那可怜的现状和那好像是神经错乱的头脑震撼了她那温柔的心。她是个寡妇，家里也很穷困，所以她受过很多苦难，对不幸的人很有同情心。她猜测这个疯癫的孩子最有可能是从他的亲人或是监护人那里偷跑出来的，因此她有必要问清楚他到底是从哪来的，以便她能帮助他回家。可是她提到附近的市镇和村庄，还在这方面问了许多，却没有任何结果，这孩子的表情和他的反应也表明她所谈的事情都是他所不了解的。他愉悦而自然地谈到皇宫里的事情，而且当他谈到他那已离开他的父王时，还多次痛哭不已；每当话题转到其他事情时，他马上就沉默了，一声不吭了。

　　这妇人有些诧异，但是她还是不想就此了事。在她做饭的时候，她突然有了主意，要突然地引诱这孩子把实话说出来。她谈到牛，他却没有兴趣；又谈到羊，他还是一样，可见她原先猜想他是个牧童是错误的。她又谈到磨房；谈到补锅匠、织布匠、铁匠铜匠等等，不同种类的人；又谈到疯人院、监狱和收容所……然而，无论是什么，都不对。当然，这也不能说没用，因为她认为谈过了那些代表性物质之后，还是缩小了范围，只差家庭的仆役了。是的，她知道她现在终于为猜测确定了方向——他肯定从前做过佣人。所以，她就把话题引到那方面去，但是结果还是一样。关于扫地的话，他似乎不愿意再听，生火也让他心烦，擦地板和洗刷的工作他更不感兴趣。然后，这位主妇以近乎放弃的心情谈到烹调的问题。这只是不经意的谈话而已，谁知让她大吃一惊，而且使她非常高兴的是，这孩子立刻很兴奋！哈！她按捺不住兴奋，终于追究出了他的秘密了！对于她为了达到这个目的所用的各种心机，她是感到很骄傲的。

　　于是，她那疲惫的唇舌终于得到了喘息的机会，因为饥饿让小国王无法忍受，又闻到砂锅和炒锅里发出来的香味，因此，一听谈到吃的问题，他就有了精神，所以他就打开了话匣子，兴奋地说了一大套，他说出了一些美味的菜，所以用很短的时间，那妇人就得意的想："我正是猜对了，原来他是在厨房里打过杂的！"接着小国王又说了许多菜肴的名字，并且兴致极高，内容丰富，于是这位主妇又想道："我的天呐，他怎么可能知道这么多种的菜，而且还都是很上档次的呢？只有在有钱人家的席上才会有这些菜哩。啊，我明白了！虽然他是个衣衫不整的流浪儿，但他从前神经正常的时候，肯定是在皇宫里打过杂。对，而且是在国王的厨房里！我得试试他。"

她急于要证明自己的怀疑，便吩咐小男孩帮她准备做菜的事，而且还强调：只要他愿意的话，还可以自己做一两道菜。随后她就假装有事，还给她那两个女儿打了招呼，吩咐她们陪她出去。小国王拼接撇着嘴说：

"古代曾有一位英国国王也被人家吩咐着做过这种事情——亚尔弗烈大帝①不觉得羞耻，干过这种事情，现在轮到我了，也就不算有损我的尊严。但是我一定会比他做得更好，因为他把饼子都烧烤糊了。"

他的想法是很好的，可是做起来却并不简单。因为这位小国王也和曾经的大国王一样，不久他就陷入沉思，一心想着自己的悲哀，所以就发生了同样的后果——把锅里的菜烧坏了。幸亏那农妇回来得正巧，及时地挽救了那顿早餐，使它不至于完全毁掉，当然，她马上就把小男孩臭骂了一顿，使他从沉思中清醒过来。后来她看小男孩因为自己做错了事情，而感到非常内疚，她也就很快缓和下来，对他很和蔼、很温柔了。

这孩子愉悦地吃了一顿饱饭后，精神一下子很饱满了，情绪都激昂了。这一顿饭有个重要的特点，那就是彼此不会计较身份，可是双方根本都不知道自己得到了非凡礼遇。本来，那位主妇打算拿些残汤剩菜打发这个流浪儿，让他到外面吃，就像她对其他流浪汉或是一条狗那样；但是因为她刚才骂了他一顿，心里很愧疚，于是她就设法尽量宽容一些，所以就让他和她全家人坐在一起，和她们这些比他高尚的人一块吃饭，看上去和她们是平等的；国王却因为这家人对他那么好，他却把受托的事情做得如此糟，觉得非常对不起人，于是他就纡尊降贵，和这家人处于平等地位，

---

① 亚尔弗烈大帝（Alfred the Great，849－899），英国国王，有一次他被丹麦人打败了，他逃到一户农民家里，主妇不知道他是国王，叫他看着火上烤着的饼子。但是因为他只想着战事，结果饼子被烧糊了，主妇便撵走了他。

用来弥补自己的过失，而不是独自享用她们的饭菜，摆出他的地位和尊严所应享的排场，让这家人在旁边伺候他。有时候，少讲点规矩，对大家都不是一件坏事。这个纯朴的女人暗自佩服自己如此宽厚地降低身份，优待一个流浪儿，所以一整天都心情愉悦；国王也因为自己对一个卑微的农家妇女那么谦虚而同样的兴奋不已。

早饭之后，这位主妇却派小男孩去洗盘子。这个命令让小国王迟疑了一会儿，他很想表示反抗，可是他转念一想："亚尔弗烈大帝都肯为人家守着烤饼，那么让他洗盘子的话，他当然也会干，所以我也可以的。"

他却弄得一塌糊涂，这是出乎小国王意料之外的，在他眼里以为洗洗木头调羹和木头盘子是很容易的事情哩。没想到这个活儿却很棘手、很麻烦，他最终还是把它做完了。这时候，他就渐渐地有些着急了，打算继续往前走，可是他要想摆脱这个会算计的主妇却不是那么容易。她交待他一些零星工作，他都乖乖帮她做了，而且做得很不错。接着，她又让他和她们两个女儿削几个冬季的苹果，但是他不会用刀。于是她让他做别的，拿一把菜刀让他去磨。后来她又让他梳了很多的羊毛，因此他就觉得像他现在这种了不起的吃苦精神，已经胜过亚尔弗烈王大帝了，在将来的神话书和历史传记里都可以传为佳话，因此他觉得可以离开了。可是刚吃了午饭，那位主妇就叫他把一筐小猫拿去淹死，他下定决心离开了，至少他是这样想的。因为他想他虽愿意帮那个女人做事，总得有个尺度，现在趁着淹死小猫的机会离开，也算是很合适的。

但是很不巧，偏偏又出了问题。是因为假装小贩的约翰·康第和雨果！这两个坏蛋没有看见小国王之前，小国王就发现他们慢慢靠近前门了，于是他来不及考虑离开的事情，就匆匆拎起小猫，从后面悄悄地跑出去。他找了一个隐蔽的地方把那些小猫放下后，就倏地钻进了后面那条狭窄的小巷子。

第二十章　王子与隐士

　　小国王的视线被那道高高的树木挡住了，再也不能看到那户人家。在无限恐惧的驱使之下，他使尽了全身的气力，飞速地向远处的树林奔去。他一路没有回头看，后来在树林的掩护下，回头看去，老远有两个人影。他不等看清楚他们，就又赶快往前跑，一直跑进了阴暗的树林深处，才稍稍放慢了速度。他相信自己已经脱离危险的时候，安心地停下了。他凝神静听，周围都是一样，诧异的树林中一片深沉而严肃的寂静使他感到非常压抑。不一会儿，有一些声音飘进他那紧张的耳朵，可是都很遥远、空虚而神秘，似乎并不能算作声音，而是鬼魂在哭泣，所以比起它所打破的沉寂，它们显得更加恐怖了。

　　他本来打算在这森林里度过这即将结束的一天，但是不久，他就被一阵寒气侵袭，而瑟瑟发抖他又得继续活动，借此暖和身子。他一直在森林中奔跑，希望很快找到出口，走到一条大路上，可是事与愿违了。他继续往前走，但是他发现，树林却显得更加稠密。后来光线开始暗淡下来，夜晚渐渐降临了。他想到要在这么一个阴森的树林里过夜，就全身抽搐，于是他拼命地跑啊跑，可是结果却不如人意，因为现在视线已经变得模糊了，不时被树根绊倒，或被葛藤缠住，或被荆棘挂住，所以他很难走动了。

　　小国王很是开心！他终于看到了一道亮光，他谨慎地走近去，还警惕地向四周张望，仔细地听一听。那道光线是从一个简陋的小棚子的窗户里射出来的。这时他听到一个声音，他打算先躲起来，但是他马上停止了行动，那个声音显然是在祈祷。他蹑手蹑脚地走近那个小棚子的窗户外，踮起脚尖，往里偷偷地望着。那是间很狭窄的屋子，地是被踩实了的泥土；

在屋角，有一个卧铺，铺着灯芯草，上面有一两条又脏又旧的毯子；周围有一只水桶、一只杯子、一个盆子、两三个罐子和一个做饭用的锅；还有一条板凳和一条三条腿的凳子；还有柴火的残烬在炉灶里闪烁着微光；在一个只点了一支蜡烛的神龛前面，跪着一个老人；不远处，有一只小木箱，上面摆着一本书和一颗人头骨。老人的身材又高又瘦，头发和络腮胡子雪白，而且都很长；他穿着一件长长的拖地的羊皮长袍。

小国王暗自兴奋："这一定是个伟大的隐士！我真是幸运啊！"

小国王敲了敲门。隐士站起来，用严肃的声音说：

"请进！但是你要把罪恶全部抛弃，因为你将踏入高尚的土地。"

小国王走进门去，站住了。隐士一双眼睛充满仁慈，却也有些惊慌地问道：

"你是谁？"

"我是国王。"小国王威严而轻松地回答道。

"欢迎，我的国王！"隐士愉悦地喊道。接着他兴奋地手舞足蹈，口里一直在说"欢迎，欢迎"。他把条凳摆好，请国王坐在上面，又在火上添了几捆柴，然后就激动地在屋内徘徊。

"欢迎我的国王！曾经许多人来这个圣地求得福祉，但是他们没有资格，全都让我赶走了。如今，一个国王抛弃王位，抛弃国王那种无谓的奢华，穿着破衣服，正要把一生奉献给圣洁的神灵，让肉体受罪，禁欲修行，这样的人是多么伟大、受尊重！我决定让您在这里一直生活，一直到老。"小国王一直想要打断他，说明来意，但是隐士沉浸在兴奋之中。隐士显然没有听见他的话，只顾啰嗦着他那一套，而且声音越来越高，越说越起劲：

"在这里，你一定身心放松的。上帝是公平的，让你放弃了那种空虚而愚昧的生活，就不会有人找到你的藏身之处、强迫你回去再过那种单调的日子。你可以在这里祈福，你可以学习《圣经》，你可以冥想人间的肮脏和丑陋之事，还可以冥想来世完美无憾的生活；你可以用干面包皮和野果充饥，每天拿鞭子抽打自己的躯体，使内心净化；你可以穿一件很简朴的衬衣；你可以只喝清水；你一定能获得超脱，是的，获得安宁。因为无论谁来找你，都会白费功夫，我决不让他们见你，决不让他们打扰你。”

这位老人继续在屋内徘徊着，他停止了激昂的言论，开始自言自语了。国王抓住这个机会，讲述他的遭遇，他快速地说着，语调充满悲伤和无奈。可是，隐士继续他的喃喃自语，根本没理睬小国王的话。后来，他一面低语，一面走近小国王身边，用亲切的语气说：

“听着！我要告诉你一个秘密！”他弯下腰去，正要开口时，却停止了，作出静听的姿势。沉默了一会儿之后，他就轻轻地走到窗口，把头探出去，向静悄悄树林中张望了一会儿，然后又轻轻地走回来，凑近国王的脸，低声说道：

“我是个大天使呀！”

小国王很是诧异，心里想道：“真不幸啊，我宁可请求上帝让我和那些歹徒在一起，也不愿做一个疯子的俘虏！”他心里更加害怕，脸上也显露出来。隐士却用严肃的声音激动地继续说：

“我知道，你感觉到我这的氛围了！你脸上有害怕的表情！无论谁到了这，都会受这种影响，因为这就是你们向往的天堂。我只要片刻，就可以到天上去然后再回来。在天堂，我被封为大天使，这是五年前的事了。上帝派来天使，特别委派给我这个伟大的职位。

“天使们到哪，就让哪充满了太阳般的温暖。天使们向我跪下了，国王，您要相信，他们向我跪下了！因为我比他们更高尚。在天堂的神殿里，我跟圣祖们谈过话。你可以抚摸我的手，不要有什么顾忌，摸一摸吧！

“好了，现在你摸过亚伯拉罕、以撒和雅各①这些圣人所握过的手了！我在天堂的神殿里走过，亲眼见过上帝！”他思考了一会儿，为了使他的话更加逼真，忽然他的脸色变了，他又一面来回踱着，一面愤怒地说：“不错，我是个天国的大天使，那也只是个大天使而已！我原本可以做教皇的！这可是事实。二十年前，在梦中我听天堂中的人这么说的。啊，你要相信，我本是要做教皇的人！——这是上帝说过的我可以当教皇，但是

---

①　亚伯拉罕、以撒是希伯来人的先辈，即上文所说的“圣祖”，雅各是以撒的儿子。

国王下令解散了我的教会，让我这可怜的、可悲的修道士四处游荡，被抛弃到冷酷的尘世，孤苦无依，我还被夺去了那个高贵的天运！"于是他又不停地抱怨，还用拳头不断捶击额头，大发雷霆；经常说出一句恶毒的诅咒，然后又很感伤地说："现在我不过是个大天使，可我本来要是要做教皇的人！"

他这么一直持续了足足一小时，让那可怜的小国王只能忍受着。后来，那老人逐渐恢复平静，他变得非常慈祥，他的语调也平静了，他从幻想的境界出来了，开始说些实在的、合乎常理的闲话，说得非常亲切舒服，因此他很快就完全获得国王的信任了。这和蔼的老者把小国王向炉火移近了些，让他更温暖一些；他那灵巧而慈祥的手治好小国王身上连日来积累的各种伤口，然后就去准备晚餐。他一直闲谈着，偶尔还冲着小国王微笑，或是拍拍小国王的头，他显得非常和蔼、温和，于是，小国王对这位大天使的抵触都渐渐变为对这个老人的尊敬和崇拜了。

这种愉快的氛围，在他们两人吃晚饭的时候还未曾改变。吃过晚饭后，隐士继续在神龛前做祈祷。做完祈祷，他就领小国王到隔壁屋去睡觉，替小国王把被窝暖得非常温暖，他那种慈爱的态度，简直像母亲一样细心、贴心，他亲吻了一下小国王才离开，他重新到炉火旁边坐下，没有意识地拨弄着燃烧着的柴火。一会儿，他突然停下来，随后用手指在脑门子上轻轻地点了几下，似乎是要想到一件忘记了的事情。显然他是真的忘了。忽然他一下子站了起来，走进小国王的那间屋子里去，问道：

"你真的是国王吗？"

"是的。"小国王用疲惫的声音说。

"是哪国的国王？"

"英国的。"

"英国的？所以，以前的老国王亨利死了？"

"嗯，是的。我就是他的儿子——英国现在的国王。"

隐士的脸上笼罩着一阵凶残的神色，仇恨让他那双瘦削的手使劲地捏紧。他呆在原地，急促地喘着气，连着吐了几口，然后沙哑的说：

"你知道就是他把我们解散、使我们四处飘荡、无依无靠的吗？"

　　小国王沉默着。老人弯腰下去，仔细地注视着那孩子平静的面孔，听着他那均匀的呼吸声。"他睡着了——睡得很香啊！"，他脸上的报复消失了，表现出一副胜利而又安慰的表情。睡梦中的孩子脸上掠过一丝微笑。隐士小声地说："哼——他倒是快活，"转身后走开了。他在屋里悄悄地东走西走，似乎在寻找什么，他时不时停下来，四处张望一下，往床上迅速地瞟一眼，他老是自言自语。最后他找到了他要找的东西——那是一把生了锈的杀猪刀和一块磨刀石。

　　隐士慢慢地溜回他坐的地方，在磨刀石上轻轻地磨那把刀，嘴里仍是唠叨着，偶尔地说些奇特的话。在这隐蔽的地方，风好像是在哀怨着，夜间诡异的声音从远处飘过来。在洞中隐藏着的田鼠和老鼠也探出头来，偷偷地用闪亮的眼睛望着那位老人，但是他对这些没有察觉，只是专心地继续工作。

　　每过一会，他就用大拇指试一试刀刃，然后很满意地点点头。"磨快一些了，是的，磨快一些了。"他兴奋地说。

　　很快时间就过去了，他只顾全心地继续工作，忽略了周围的一切，对自己的想法感到满意，还不时用清楚的话说出心事来：

　　"是他的父亲拆散了我们，把我们毁了，现在他在地狱里惨遭火烧！是的，地狱里的烈火永远地煎熬着他！他从我们手里逃掉了，但这是他的报应，是呀，上天注定的，我们决不能抱怨，他逃不脱地狱里永恒的火！他永远地在受罪，那是烧得很凶猛的火，毫不留情，毫不怜悯，而且是永远燃烧的！"

　　他把刀磨继续磨着，有时候还发出一阵阵低声的，冷酷的笑；有时候，他把心里的话突然说了出来：

　　"这一切都是他的父亲造成的。要没有他的话，我不会只当了个大天使，我会做教皇的！"

　　小国王翻了个身。隐士悄悄地来到床边，弯着身子在小国王头上用力地举起刀来。小国王又动了一下，眼睛睁开了，但是什么都没发现，似乎还在睡梦中，随即他又翻过身去，又开始了平静的呼吸。

　　隐士保持原来的姿势，愣了一会儿，紧张得不能呼吸，然后，他轻轻地把刀放了下来，随即悄悄地走开，他说：

"现在天快亮了，万一他喊起来，被行人发现，那可就麻烦了。"

在小屋子里，他小心地搜寻着，找到一些破布和皮条，然后他又悄悄地回到床边，慢慢地把小国王的两只脚捆在一起，这并没有打扰小国王。接着是小国王那两只手，他要把小国王的双手叠放在一起，可是当他准备去捆的时候，小国王的手一会儿这样摆，一会儿那样放，使这位大天使几乎放弃了，可是，小国王自己主动把双手叠放在一起，马上就被大天使抓住了机会。

大天使又用一条绷带从睡得很香的小国王的下巴下，再绕到头上来，使劲系上——他轻轻地、慢慢地把结打好，打得很紧，动作很敏捷，使睡得很酣的小国王始终没有发现。

第二十一章　新王出巡受贺

二月二十日早晨，汤姆·康第醒来的时候，空气中响彻着震耳的人声，方圆几里都充塞着这种声音，这在他听来，这是最美好的乐章，因为这说明英国全国臣民都在兴高采烈地对这个盛大的日子表示无比忠诚的祝福。

很快，汤姆就在泰晤士河上再次成为乘坐金碧辉煌的御艇出巡的主角。因为根据惯例，穿过伦敦城的出巡受贺队伍必须从伦敦塔为起点，现在他就是前往那里。

汤姆·康第到了伦敦塔的时候，那个庄严的古堡的前后左右好像是忽然裂开了似的，每一条裂缝中都崩出一条通红的火舌和一道白烟来，然后是一阵又一阵能让人失聪的爆炸声，把人群的欢呼都掩盖了，震得大地发抖。火焰和白烟的再三出现，爆炸声没有断过，几分钟内，那座古堡就被它自己放出的烟雾所笼罩了，只有最高的一层叫做"白塔"的塔顶还能够看得清楚。白塔上插着旗子，在那一片浓烟之上醒目地飘拂着，犹如一座山的高峰上空的浮云。

汤姆·康第盛装出席，跨着一匹很神气的战马，马背上的考究装饰几乎垂到地面；摄政王桑莫赛作为他的舅父，也骑着一匹类似的马，跟在他后面；国王的卫队都穿着光彩夺目的盔甲，在他两旁排成单行；摄政王后面跟着一长串衣饰光彩夺目的贵族行列，都有人随时待命；跟在他们后面的是市长和市参议员的队伍，都穿着天鹅绒的大红袍，金链子在胸前闪耀；他们后面是伦敦各种职业的职员和会员，也都穿得相当得体，打着各个行会的旗帜。此外，在这个游行队伍中，还有那古老的名誉炮兵连作为穿过城区时的特种仪仗队，这个部队的历史似乎已经有三百年了，它是英国历史上唯一享有特权、不受国会命令、支配的队伍（现在一直持续着）。这个出巡的行列是个壮丽的场景，它相当神奇地从那万头攒动的人群中穿过的时候，沿途一直都受到所有子民的欢呼和祝贺。史官的记载写道：

"国王进城时，民众夹道欢迎，都向他祝福，致欢迎词，有的向他欢呼，说些没有距离的话，还有各种证明百姓热爱君主的感情；国王特别开心，抬起头来向远处的市民微笑地打着招呼，并对周围的民众说些非常亲近的话，这就是借以告诉别人他接受百姓的敬爱，心中十分喜悦，就等同百姓乐于向他表示敬爱一样。有些人说：'愿上帝保佑陛下'，他就回答说：'愿上帝保佑你们所有的人！'然后还说一声'最由衷地祝福你们'。臣民们听到他们的国王这般仁爱的回答，亲眼看到他那亲切的表情，都感到欢喜加倍。"

芬秋奇街上有一个服饰华贵的美貌儿童，站在一个台子上恭候国王陛下进城，他的颂词末节是这样的：

> 御驾出巡，万民拥戴；
> 万民爱王，深海涛涛；
> 口诵心声，心也欢迎；
> 天佑我王，长生不老！

　　民众全部沸腾了，齐声高歌那孩子念出的颂词。汤姆·康第向四周观看着那波涛汹涌的大海般的一片激动的面孔，控制不住的兴奋，他觉得人生最有意义的事情就是这个了——做全国臣民崇拜的偶像。接着，他放眼望去他突然看见远处有他两个垃圾大院小时候的伙伴，都穿得破烂不堪，其中有一个是他当初模拟的那个朝廷里的"海军大臣"，另一个是他分派的"御寝大臣"，由他们衬托出他现在的心情，他那得意的心情就更加高涨了。啊！要是他们现在还能认识他，那就太棒了！假如他们还能认识他，知道原本那个贫民窟和背巷里的、被人讥笑的假国王如今成了地地道道的国王，还有那些名气在外的公爵和亲王甘做他的为牛马，整个英国都跪拜在他脚下，那该是怎样的荣耀呀！但是，此刻他控制着自己的欲望，因为假使他被那两个孩子认出来，相信结果肯定会让他始料不到的，因此他就把头转开，让那两个肮脏的孩子继续欢呼、继续高诵那些歌颂国王的话，毫不怀疑他们所选出的新国王有什么问题。

　　人群中不时发出一阵阵喊声："快赏钱呀！给赏钱呀！"汤姆作出了响应，向周围撒出一把把晃亮的新钱币，以便大家拾抢。

　　据史官的记载说：

　　"城内市民在芬秋奇街西头那个大鹰招牌前方建立了一座奢华的拱门，而戏台建在了拱门下，他横跨街道的两侧。这是个历史人物大展台，上面供奉着国王最近几代的祖上。台上有来自约克皇族的伊丽莎白，坐在一朵庞大的白玫瑰花里面，花瓣在她附近构成很高品位的裙褶；她旁边是亨利七世，从一朵绝大的红玫瑰花里探出头来，姿势等同她本人。这对皇家配偶是双手相挽的，他们的结婚戒指很耀眼地露在外面。从那两朵红白玫瑰花上伸出一枝花茎，直至第二层台子上，亨利八世坐在上面，他的身子是从一朵红白两色的玫瑰花里伸出来的，靠着他的便是新王的母亲洁恩·赛莫尔的塑像。从这对夫妻身上又发出一条枝子，伸到第三层台子上，其上坐着爱德华六世自己的塑雕，身着国王的衣着坐在宝座上。展览台上的一切都被红白两种玫瑰花的花圈环绕着。"

　　这个奇特美丽的展览使激动的人们兴致更加，因此他们越发激动的欢呼雀跃着，把那个用歌功颂德的诗句来解释这些人物的小孩子的微小声音完全盖住了。不过汤姆·康第并没有伤心，由于这种忠诚的吼声无论它的性质是什么，在他听来都比随便一篇诗歌更为悦耳。汤姆任意把他那高兴而年轻的面孔向哪一边转，大家都看出那造像和他本人几乎是一模一样的，他完全就是那个造像的一份活标本，然后新的喝彩声又像旋风似的接连不断的爆发出来。

庞大的游行队伍又接着前进，从一座又一座的庆祝牌坊底下穿过；道旁还放着一系列的、许多壮观的、含有象征意义的连环画，使看的人不知该看哪一幅好。这些连环画每一套都告诉我们这位新王的一种品德、才能或特长，孕育表扬的意思。

"在契普赛街上，放眼望去，所有的人家都在屋檐下和窗户里挂着旗子和飘带，最有来头的绒毡、毛料和金丝缎悬挂在街道的两侧作为点缀，这都是那些商店里面的许许多多财富的展示。这条大街的豪华样子，其他街道也不比它差了，有的甚至还更甚一些。"

"原来这许多没见过的宝贝都是陈列出来欢迎我的、欢呼我的呀！"汤姆·康第小声自语道。

这个假国王的脸上因激动而发红，眼睛发光，完全陶醉在愉快的情绪中，早有一种升天的感觉。这时候，他正打算举起手来，再抛出一把赏钱，刚刚好一眼瞥见了一副没有血色而吃惊的面孔，从欢迎人群的第二排里一个劲儿地伸出来，用她那双专注的眼睛看着他。一阵极不舒服的惊惶失措的情绪马上袭击他的全身，他认出了他的母亲！不过，他迅速地把手往上一举，掌心向外，蒙住了眼睛，这是他很早就有的一种身体的自发的习惯动作，是因为一件早已不记得的事情引起的，后来就一直这样了。在那瞬间，他的母亲已经从人丛中挤出来，冲破卫士的警戒线，跑到他身边了。她抱紧他的腿！在他的腿上任意一地亲吻，一面还大声喊道："啊，我亲爱的孩子！我最疼爱的孩子！"她仰头看他，她的脸上因欢喜和慈爱而闪动着红光。

国王的卫队里有一个军官立刻就破口大骂，把她揪住，用他那有力的胳臂使劲推她，把她搡得一摇一摆的，随之倒在地上了。这时，汤姆·康第嘴里也正在说："你是谁呀，你这个女人呀！"可是当他看见母亲受到这种侮辱，良心无法原谅自己：

后来，她消失在人群里，当她看不见他的时候，他转过头去最后留恋了她一眼，看她的表情，似乎是特别委屈、十分伤心，所以他突然感到莫大的耻辱，他激动高兴的情绪立即一点也不剩，他那盗窃来的国王的威风也在那瞬间消失得没有踪影。他的荣华马上变得一文不值，仿佛一些破布碎片似的从他身上脱落下去了。

出巡的队伍接着前进再前进，所过之处更加的华丽，民众的叫声也越来越激昂响亮，但是，这一切，对于汤姆·康第已经毫无意义了，好像完全就没有这回事一般。他什么也没有看见，什么也没有听见。国王的身份已经不再重要，再没有甜蜜的滋味了；那些威风凛凛的场面对他来说，完全成了一种羞辱，悔恨正在敲击着他的良心，他说道："渴望上帝允许我离开这种折磨吧！"

他慢慢地恢复了他最初被迫做王子的那段日子说话的语气。

庞大、壮观的出巡队伍继续前进，如同光辉灿烂的长蛇一般，穿过这座古老、典雅的城市里那些弯弯曲曲的街巷，从那些欢呼的人群中穿梭，但是国王一直骑在马上耷拉着脑袋，眼睛没有神，他只看见他的母亲的脸和脸上的表情。

"给赏钱呀！给赏钱呀！"这种刺耳声音再也进不去他的心里。

"大英皇帝爱德华万岁！"这种欢呼把大地都震动了，不过汤姆依然没有回应了。他听到这种欢呼，正如听到轻柔的海浪声那样，因为它被另一种强烈的声音所影响着——那是从他自己胸膛中那颗对他兴师问罪的良知所发出来的质问，这个声音一直只说那一句让他被良心折磨的话："我不认识你，你这个女人呀！"

这句话让汤姆的心备受折磨，仿佛一个用阴谋诡计谋杀了自己的朋友的人，听到死者的丧钟的时候良心上受到谴责如此那般。

国王所到的地方，都有新的壮丽场面展示，新的景观和新的惊人画面在眼前展示，憋了很久的欢呼像放鞭炮似的一下子出来，期盼已久的民众从他们嗓子里述说着他们的心情，可是汤姆无动于衷，他所听见的只有他那不安的胸膛里一直呻吟的指责的声音。

此后，欢迎民众脸上的喜色有了细小的变化，换成了几分关切的样子，喝彩的声音也明显地减少了。摄政王很快地察觉到了这种情况，他也立马地找出了原因，他驱马跑到国王身边，在马上深深鞠躬致敬，亲切地轻语说道：

"国王，现在的场合不能这样。百姓们看见您低着头，不太高兴，就把这当成不吉利的预兆哩。请您听我的劝告吧！皇上的颜面要像太阳那样让人不敢直射，照耀普天之下的万民。请把不祥之气，都赶走吧，请您抬起头来，向百姓微笑吧！"

公爵一边进谏着，一面向左右撒出一把把钱币，然后又退回原位。汤姆麻木地依照公爵的吩咐行事。他的笑脸没有一点点的感情成分，但是大家的眼睛都离得远，况且也不仔细看，因而没有人看出破绽。他向百姓答礼的时候，他那戴着翎毛的头一点一点，看上去极为文雅而仁爱，他撒赏钱极为大方，很符合国王的身份，所以民众的焦虑就没有了，欢呼声又如同刚才那般了。

可临近出巡结束的时候，摄政王公爵不得不再一次驱马前去向汤姆进谏，他轻声说：

"啊，敬畏的国王！请您放下扫兴的情绪吧！全英国、全世界的眼睛都在望着您哪。"随后他又极为烦躁地说了一句："那个疯子叫化婆直接砍头！就是她打乱了皇上的心情。"

汤姆本没有精神的眼睛转过去望着公爵，用一种特别沉重的声调说：

"她原本是我的亲生母亲呀！"

"我的主呀！"摄政王一边勒马退回原位，一边没办法的说："唉！那个预兆的确灵验，他又疯了！"

第二十二章　加冕大典

亲爱的读者，让我们一起回到几小时前，在这值得庆祝的新王加冕大典的时刻，在清晨四点钟向威斯敏斯特大教堂去看看吧。我们并不是没有人同行，就算在黑暗中，我们却已经看见那些点着火把的看台上全都是人，人们都宁愿在那儿规规矩矩地坐着，等候七八个钟头，一直等到他们可以看到新王加冕的时候——这个大典可能是他们一生不会再有第二次机会看到的。的确，自从清早三点钟预告的炮声响过之后，全伦敦城和威斯敏斯特就无法悠闲了，那时候，没有官爵的有钱人们已经陆陆续续地拥进那些专为他们留下来的看台通道，这帮阔人是早就花钱打通了关系了的，可以很容易地到看台上去找座位的。

时间一点一滴的流逝，教堂里相当沉闷。骚动已经平息了好一会儿了，因此每个看台早就壅塞了。现在我们被批准坐下来，随心所欲地看一看、想一想。我们能够透过那教堂里昏黄的灯色瞥见许多看台和楼厢的一部分，全都人山人海的。教堂里北边的大袖廊全部空着等英国的有地位的人物来坐。宽大的教坛铺着质地精致的地毯，国王的宝座就安排在那上面。宝座处于教坛的正当中，有一个四级的台子把它垫得更高。宝座上放着一块成色天然的扁石头——这就是斯康的天命石①，曾经历经了一代又一代的苏格兰王坐在那上面加冕，所以它的地位相当的崇高，供英国国王加冕时使用。宝座和它的踏脚蹬上都铺垫着金丝缎。

大教堂里静得掉根针都听得见，火把闷沉沉地晃动着，时间缓缓的移动脚步，姗姗来迟的晨光终于露面了。接着，大家就吹灭所有的火把，柔

① 斯康是一个苏格兰的城市，那里有一块"天命石"，从前苏格兰的国王都坐在上面举行加冕礼，现在这块石头早已移置到威斯敏斯特大教堂里。

和的阳光把教堂里广阔的空间照亮了。这座雄伟的建筑的所有轮廓现在都呈现一清，但是依旧有些缥渺的气氛，那是由于太阳这时还被薄云微微遮住了。

早上七点钟，那呆滞单调的气氛头一个被打破了。七点的钟声刚响，第一位贵族夫人就走进了侧廊，她的服装的讲究程度，简直与所罗门王的穿着几乎一样，有一位身着缎子和天鹅绒衣服的官员把她引到她的专席上，与此同时，另一位穿着和他一样的官员提起这位贵妇的长裙在她背后亦步亦趋，等她坐下之后，就帮她把这条衣裾整理好放于她膝上。然后他又按着她的意旨把她的踏脚蹬放好，再把她的花冠放在最适合的地方，以便于她到了贵族们一齐复冠的那刻，顺手就能拿到。

这时，众多贵妇们像钻石流水般接踵而来，许多穿缎子衣服的官员们一直来回走动，放着光彩，带着她们入座，把她们安排得妥帖舒适。现在的场面特别热闹，处处都是活力和生气，处处都有动荡的色彩。不一会儿，又是全场寂静了，因为贵族妇女们全部来到这也都入席了——这是一片花的海洋，五光十色，引人注目，她们周身珠光宝气，就似天上的银河。这里有各个年龄的人：有肤色棕黄、皱纹满面的白发贵族寡妇，她们能够一代一代地追溯，还记得起理查三世加冕的画面和那早已被人忘却的年代里那些动荡不安的日子，此外，还有一些美丽的中年妇女和一些可爱的、优雅的年轻贵妇；还有一些温柔美丽的年轻姑娘，她们的眼睛有神，面容如花，到了举行盛大典礼的时候，她们也许会把镶着宝石的花冠戴成古怪的模样，因为这种事情她们不经常做，她们的激动不免使她们的举动紧张。但是也许有别的原因，因为这些少女们梳头的时候，都有把头发弄成干净简捷的头样的经验，以便号声一响，就可以很快地把花冠合适地戴到头上。

我们可以看到这些成排坐在一起的一大群贵族妇女都是金光闪闪，还看到这是一个特别壮观的场面，所以现在我们才当真要觉得惊讶和好奇了。大约在九点钟前后，天上的云突然散开，一道阳光划破那平和的天空，慢慢地顺着那一排一排的女宾照射过来，只要它照到的，每一排如同火焰般，散发出多种颜色的耀眼的光彩，我们也随之一振，直到指尖都因这个场面所带来的惊奇和美丽的触动而慢慢地震动起来！然后，有一个来自东方某一偏远角落的王国的特使和所有外国大使们一起前进，走过这道阳光，他周身放射出来的、一闪一闪的光彩完全是使人不敢再看，因为他让我们惊讶得窒息，因为他周身都戴满了宝石，他只要一动都要向四周洒出闪动耀目的光彩。

　　话题说远了，回到正轨上来。时间悄悄逝去，一个钟头，两个钟头，两个半钟头；接着，深沉的隆隆炮声标志着新国王和他那堂皇威风的队伍终于来到了，所以久等的人们个个都异常兴奋。大家都知道随后还有一阵耽搁，由于新王还要经过一番盛装打扮，穿好礼袍来参加这个盛大的典礼，但是这一段拖延的时间是不会无聊的，全国的贵族穿着相当华丽的礼袍就在这个时间入场。官员们根据礼节引领他们到座位上，还把他们的官帽顺手而至；同时，看台上的人们都激动万分，因为他们里面的人都有一大部分都是平生第一次看到这些公爵、伯爵和男爵，这些头衔已经流传很久很久了。后来这些贵族全部坐定之后，看台上和所有方便的位置都能够把他们看得十分明了，这个豪华的场面着实是太棒了，而且令人一辈子都记得。

　　此刻，那几位穿着法衣、戴着法冠的教会头头和他们的随从按着顺序走上教坛，分别坐到各自的座位上，他们后面紧跟着摄政王和他的大臣，再来就是一队身着钢盔钢甲的皇家卫队。

　　又过了好一会儿，随着一声号角，猛地奏起了一阵喜气洋洋的乐曲，紧跟着，汤姆·康第穿着一件金丝缎的长袍在门口出现，走进了教坛。全场的人都站了起来，马上就举行了承认国王的仪式。

　　这之后，一首庄严的赞美歌的响亮声浪，扫过大教堂的每一个角落，汤姆·康第就在这阵歌声的引导和欢迎之下，被带领到宝座上去了。传统的仪式进行着，那种庄严的场景给众来宾留下了忘不掉的印象，观众们都目不转睛。仪式没多久就要结束的时候，汤姆·康第脸色一点一点发白，而且愈来愈白得可怕，一阵不断地加深的苦恼和沮丧的情绪填满着他的心灵，笼罩着他那懊悔动荡的良心。

　　此后仪式终于要结束了。坎特伯利大主教从垫子上捧起英国的王冠，举放到那全身哆嗦的假国王头上。同时，在那一刻，宽敞的侧廊上闪出了一片耀眼的光辉，因为那贵族群中每个人都动作一样地举起了一顶冠冕，在各自的头上举着，大家都停止在这种动作上一动不动。

阴森的寂静弥漫在整个大教堂里。在这令人难忘的光阴，突然，一个吓人一跳的鬼影闯入场内来了——这个鬼影在全场一心一意的人们当中，谁也没看见，直到后来，它突然现身了，顺着中间那条大过道往前走。那是个男孩子，没有头发，鞋袜完全不像样子，身上穿着一套完全不成样子的破布片的粗布平民衣服，他庄严地举起手来，那种眉眼间的样子与他那副满身油污的可怜衣着是十分不相称的，同时，他发出了一个严厉的提醒：

"我不准你们把英国的王冠戴在那个假国王头上！我才是名符其实的国王！"

很快就有几个愤怒的人伸手抓住这个孩子，发生此事的这一刻，汤姆·康第穿着他那一身帝王的服装，迅速地走向前面，用洪亮的声音喊道：

"立刻放了他！不许动他！他是真正的国王！"

所有的人都被吓到了，有些人站了起来，惶恐地互相对视，再望一望这场戏里的两个主角，他们的表情就似那些恍恍惚惚的人，简直不知道自己究竟是清醒的，还是在梦中。摄政王也和众人一样诧异，但是他马上就恢复了镇静，用权威的声调喊道：

"不要听国王的话，他的病又开始了，快把那野孩子抓起来！"

当即自然有人按照他的指示行事，可是假国王跺着脚大声喝道：

"不听我的话的人我就杀了他！不许动他！他是国王！"

抓人者们又听从汤姆的话停止了他们的举动，全场都吓呆了，没有谁移动，谁也不说话，事实上，碰上这种稀奇而惊人的紧张场面，没有人知道该如何解决，或说什么话才好。大家心里正在想着要恢复正常的时候，那孩子从容自若地没有停止地往前走，他显示出高贵的风度和自信的样子，他从头起就没有丝毫踌躇过，大家心乱如麻，还在没有办法地胡思乱想的时候，他已踏上了教坛，假国王满脸高兴神情地跑过去迎接他，跪在他面前说：

"啊，国王陛下，让不幸的汤姆·康第第一个向您宣誓效忠吧，请批准我向您说：'请您戴上王冠恢复王位吧！'"

摄政王的眼神严厉地看着这新来的孩子的脸，不过他严厉的神色立刻就消失了，换上了一副惊奇的表情。其他的大官们也发生了差不多的变化。他们互相瞅瞅，出于一种共同的、没有控制的冲动，后退了一步。每个人心里都起了一样的念头：

"这般相像，实在不应该啊！"

摄政王不知怎么办了，思考了一两分钟后，他以严肃的尊敬语气说：

"请恕我鲁莽，我有些疑问，都是……"

"我都可以帮您解决，公爵。"

公爵就提出了许多疑惑，有关于朝廷的、有关于前王的、也有关于王子和公主们的。这孩子都回答得没有差错，而且速度非常地快。他把宫里那些专门用于朝见的房子和前王所住的房间以及王子的房间都描述了一番。

真是奇妙！是呀，这完全太不可思议了——只要是听见了的人都是这么认为的。形势开始转变了，汤姆·康第的情绪也跟着高涨，可是摄政王却摇摇头说：

"这虽说是非常神奇，但是这些话基本上也没有什么了不起，国王陛下也都知道的。"汤姆·康第一听这句话，并且听见他叫自己为国王，心里就十分发愁，他觉得他的希望垮台了。"这都不足以说什么。"摄政王又添了这么一句。

如今的形势又在迅速地转向，事实上是快得很，不过转变的方向不对了。这阵退潮把不幸的汤姆·康第搁浅在国王宝座上，另外那个孩子却被冲下大海去。摄政王想了一会儿，摇摇头，他不由自主地想道："假使这么一个不幸的谜老是困惑着，对于国家相当危险，对我们大家都有危险，结果可能使国家分裂，使王位颠覆。"于是他转过身去说：

"汤玛斯爵士，抓住这个家伙……不，停下！"他露出了一些喜色，旋即就对这个衣衫褴褛的孩子提出这么一个疑惑：

"御玺在哪里？只要你能解决这个问题，就能够解开这个谜了。因为只有王子才能答得对。国王的宝座和王朝的命运就要用这个评定！"

　　这倒是个不错的建议。大臣们在他们那个圈子里互相对望，大家眼睛里都散发出赞赏的神色，表达着无声的称赞，足见他们的看法一样。是的，除了真正的王子，谁都解不开御玺失踪这个难解的谜——这个不幸的小骗子绝对是有人传授过他不少的事情，但碰到这个难题，他那一套就不好使了，因为连教他的人自己都解答不了这个问题。啊！妙极了！真的妙极了！现在我们就可以迅速地把这个麻烦和危险的问题解决了！于是大家就共同的默认了，心里都很得意地微笑着，他们指望看到这个野孩子会露出害怕的、犯罪的神色，吓得不知道该怎么办才好。但是他们所看到的却完全不是这样，这真使他们大为吃惊——他们看见、听见他马上就用自信的、不慌不忙的声音回答，他说：

　　"这个谜根本上没有什么困难。"然后他对谁也不说一句客气话，就转过脸去发出一个命令，他那坦然的态度展露出他是个惯于吩咐别人的："圣约翰勋爵，我授权你：你进宫到我的房间里去，因为你最了解那个地方，在靠近地板的地方，离那扇通往前厅的门最远的左边那个角落里，在墙上你会找到一个黄铜的钉头状的东西，你按它一下，马上有一个小宝石箱打开，这是连你都不清楚的——不但是你，除了我自己和特别为我设计的那个值得信赖的工匠而外，世界上不可能有第三人知道。你第一眼看到的就是御玺——你把它拿到这来。"

　　在场的人听完，全场哗然，特别是看见这个小叫化子很有派头地支使起这位地位显赫的贵族来，一点也不怕弄错，并且还很坦然地直呼他的姓名，令人信服地显出他是生来就认识他的样子，大家就更加觉得不一般了。这个突如其来的旨意，几乎吓得这位高高在上的贵族立即就要服从了。他甚至动了一下，感觉是要走的样子，不过他赶快恢复了镇定的样子，脸上红了一下，表示承认自己的错误。汤姆·康第见状转过脸去向他严厉地说：

　　"你为何不照做？难道没有听到国王陛下的旨意吗？赶快去！"

　　圣约翰勋爵诚恳地鞠了一个躬——大家看出了他这个鞠躬是特别小心而含糊的，理由是他不是向这两个国王之一行礼，而是朝着两者之间那块中立地带行的礼——转身他就走了。

此刻那一群衣着华丽的大官们慢慢移动起来，动得比蜗牛还慢，基本发现不出，但是继续不断地在动——仿佛是我们在一个渐渐转动的万花筒里所见到的情形一样，那里面一个豪华的花团的构成部分散开，与另一个花团结合起来——在当时的这个场面中，这种变化就使汤姆·康第身边站着的那一群亮丽的群体分散了，重新在那个新来的孩子附近聚拢了，于是汤姆·康第就快是独自一个了。随后是一阵不断的惶惶不安和急躁的等待。在这段日子里，连那留在汤姆·康第身边的少数胆小的人也渐渐鼓足了勇气，一个一个地溜到多数那边去了。所以，汤姆·康第穿着国王的礼袍，佩戴着周身钻石，完全一个人站着，仿佛与整个世界分开了，现在他成了个一个人，占据着一大片意味深长的空间。

现在，在场的人们看见圣约翰勋爵回来了。他顺着正中的过道往前走的时候，大家的兴趣特别浓厚，因此众多臣民都安静下来了，伴随是一阵深沉的寂静，大家静得不敢呼吸，在这种环境下，圣约翰勋爵的脚步细微地发出一阵沉寂的、遥远的声响。他继续往前走，每个人的眼睛都注视着他。他走到教坛上，徘徊了一会儿，然后向汤姆·康第走过去，对他鞠了深深的一个躬，说：

"皇上，御玺不在那里！"

那一群吓得面色惨白的大臣们马上就从那个要求王位的肮脏野孩子身边急忙散开，就算是躲开一个害瘟疫的病人，也没有这么速度。一刹那，他就独自站着，谁也不敢和他接近，谁也不拥护他了，于是他就成了大家看不起和冒火的眼光集中火力袭击的目标。摄政王凶狠地吼道：

"来人，把这个小叫化子赶出去，拿鞭子抽打着他游行示众吧——这个小坏蛋不值得我们再分散精力了！"

皇家卫队的军官赶紧往前去执行命令，不过汤姆·康第挥手把他们挡开，说道：

"滚开！谁敢动他，就让他见上帝！"

摄政王很没有面子，他对圣约翰勋爵说：

"你仔细找过了吗？不过问这个没有用，这好像是太奇怪了。没什么用的小东西是可能失踪的，谁也不会因此而吓一跳呢，但是，像英国的御玺如此重要的东西怎么会不见了，而且还没有谁能寻找得出一点线索呢？——那么大个金质的圆饼子……"

汤姆·康第眼睛里开始发亮，他急忙走上前去，高调问道：

"行了，就这样吧！是圆的吗？——特别厚吗？——是不是上面刻有字和花纹？——是不是？啊，现在我才了解，你们那么急得要命、夸张地要找的这个御玺，原来是它呀！要是你们早给我说明了是什么样子，那你们早在三个星期以前就找到了。我完全地知道它放在哪里，不过并不是我把它放在那里的，原本不是我放的。"

"那么是谁放的，皇上？"摄政王问道。

"就是站在那边的人——英国唯一认可的国王。请他自己来告诉你们放在哪里了吧，那么你们才会相信他一开始就知道的。您回忆一下吧，皇上，开化您的脑袋想想，那天您穿着我那身破衣服，冲出皇宫，要去处罚那个对我不礼貌的卫兵，临走之前做的最后一件事情就是把御玺藏好，那是您自己在皇宫里最后做的事情呀。"

接着又是一阵沉寂，没有一点儿动作或声音，全部的人都把眼睛投向那个新来的孩子：他头向下看、皱着眉头站着，从他的脑子里一大堆形形色色的、毫无价值的回忆中搜寻一件极细微的、难以捉摸的事情，这件事要是记起来了，他就能登上王位；假使想不起来，他就只能永远是现在这样子——当个叫化子和流浪儿。时间一秒一秒地过去了，慢慢地熬过了好几分钟，这孩子一直默不做声拼命地想，不过毫无进展，最后，他叹了一口气，晃了晃脑袋，用颤抖的嘴唇和沮丧的声音说：

"我想了一下当初的情形，全都想过了，可是就是记不起御玺的事。"他停了一会儿，然后抬起头来望着大家，用温和而庄严的态度说："各位大臣和侍从，要是你们出于你们的合法的国王拿不出这个证据来，就剥夺他的继承权，我也无能为力，因为我毫无权力。不过……"

"啊，皇上，这太傻了，完全是发疯了！"汤姆·康第慌忙说，"慢着！再想想！加把劲儿！这事情还没有结束！并且也决不可能失败呀！您听我说吧，务必逐字逐句听清楚，我要把那天早晨的事情说一遍，每件事情都完全如同当初的经过说。当那天早晨，我们聊了会儿天，我向您提到我的姐姐南恩和白特，啊，对了，您还知道；我又谈到我的老奶奶，还谈到垃圾大院的儿童们玩的那些不斯文的游戏，对了，这些事情您也都记得。太棒了，再听我说下去吧，您一切都会记起来的。您把吃的和喝的赐给我，还特别固执我，让仆人全部离开，免得出身微贱的我在他们面前丢人。啊，对了，这个您也记得。"

汤姆把当初的情形详细地一点一滴说出来对证，当那个孩子点头表示知道的时候，在场的众多听众和那些大官们都瞪着眼睛看着他俩而觉得很荒唐。这些话听起来看似是确有其事，可是一个王子和一个乞丐居然如此要好，这种让人不敢想象的事情究竟是如何发生的呢？现在这么多人在一起，事情令人如此睁大眼睛，真是从来没有见过的事情！

"国王，我们互换了衣服，接着我们站在一面大镜子前面。我们俩长得完全是一个模子，所以我们都觉得跟没有换过衣服一样，对，您还知道这个。后来，您看见我那被卫兵扭伤了的手指——瞧！就在这儿，我如今还无法写字哪，因为手指头老是不能弯曲。殿下一看见这个，立刻就跳起来，发誓要惩罚那个士兵，接着就往皇宫门口跑——您经过一张桌子——被您叫做御玺的物品就放在那张桌子上——您把它一下子拿起来，很慌张地四下看着，好像是要找个地方藏起来，您一眼就看见了……"

"好了，这太好了！感谢上帝！"那要求王位的破烂孩子兴高采烈地喊道，"赶紧吧，我的圣约翰勋爵！墙上挂着一副米兰盔甲，在铠甲的护臂里就能够找到御玺了！"

"对了，皇上！还有！"汤姆·康第喊道，"如今英国的权力由您支配了，如果有谁再否认，那就不如叫他生来就无法说话！快去吧，圣约翰勋爵，用您最快的速度去吧！"

现在所有的人都站了起来，大家都发身内心的不安，既紧张，又兴奋，就快因此神经错乱了。台下和台上都爆发出一阵响彻云霄的、疯狂的议论声，这刻，大家都只听见身边的人在他耳朵边嚷出来的话，或是自己向别人耳朵里嚷出去的话，此外谁也不注意其他的事，什么也听不见，什么也不放在心上。时间在不知不觉之中嗖地过去了，谁也不晓得到底过了多久，后来终于全场没有一点声响，与此同时，圣约翰勋爵踏上了教坛，手里捧着御玺，并且高高举起，接着全场雷鸣般的欢呼起来：

"真正的国王万岁！"

欢呼声和乐器的嘈杂声完完全全有五分钟的时间，同时，一片飞舞的手巾落下来，满场像下雪似的。在这阵狂欢中，一个穿着破烂衣服的孩子站在那特别广的教坛的中心，他是全英国最无法让人忽视的人，满脸绯红，喜不自禁，十分得意，全国的大臣都跪在他的前后左右。

接着所有的人都站了起来，汤姆·康第大声喊道：

"啊，皇上，现在请您拿回这身国王的礼袍，把那些破烂的衣服归还给您的不幸的仆人汤姆吧。"

摄政王高声叫着：

"把这个小流氓的衣服剥掉，关到塔里去！"

但名符其实的国王却说：

"舅舅，我不同意。假使没有他帮忙，我就没有今天！谁也不许动手，不许伤害他！至于您呢，我的好舅舅，我的摄政王，您这样对待这个不幸的孩子，未免太无情了吧，因为我听说他早就封您为公爵了。"摄政王红了脸，"可他并不是国王，因而您那个高高在上的头衔如今有什么用呢？明天您再赏他这个爵位吧，不过要托他替您申请才行，不然您就不是什么公爵，仍旧只是一个伯爵。"

桑莫赛公爵挨了这顿骂，赶紧从国王面前退开。国王回过头来望着汤姆，特别和蔼地对他说：

"可怜的孩子，连我自己都不记得御玺藏在何地了，你怎么反而知道呢？"

"啊，皇上，那很徜徉，因为我已经用了它好几天了。"

"你用了几天，还不能说出它在哪里吗？"

"我哪里得知他们要这个东西呀。他们并没有说明它的长相呀，陛下。"

"那么你用它做什么呢？"

汤姆的脸立刻红了，他眼睛朝下看，不作回答。

"小伙子，放心说吧，不用害怕，"国王说，"你用英国的御玺有何用？"

汤姆极度慌张，吞吞吐吐了半天，才说出口来：

"用它砸栗子！"

可怜的孩子啊，他这句话引起的一阵爆炸性的狂笑就快把他冲倒在地了。但是如果还有谁心存疑虑，认为汤姆·康第是英国国王，认为他熟悉皇家的那些异常有价值的东西，现在一听他这句回答，就完全撇开疑虑。

这一刻，那件华贵的礼袍已经从汤姆身上穿在国王身上，他的破衣服完全被遮盖住了。然后继续举行加冕礼。真正的国王接受了涂油的仪式，头上也戴上了王冠，同时礼炮的震天的声响把这个消息告知全城，于是整个伦敦城被欢呼喝彩声撼动了。

第二十三章　爱德华当了国王

还没有卷入伦敦桥上那一场骚动的时候，迈尔斯·亨顿那副样子就完全是够好看的了，如今他从骚动里摆脱出来之后，就更有趣了。他卷入混乱的时候，身上本来就只有很少一点钱，脱身出来的时候，就更是分文皆无了，扒手把他所剩无几的钱通统掏光了。

无所谓，只要他能找到他的那个孩子就可以了。他是个军人，所以他并没有胡乱地找，而是首先动脑筋，安排妥当了寻找的策划。

这孩子必然会如何呢？他必然要到何方呢？嗯——迈尔斯推测着——他当然会回他的老窝，因为那是神经残缺的人的天性和本能，这种人到了没地可去和无人理睬的时候，也跟神经健全的人那般，绝对是回老窝。可是他的老窝在何处呢？从他那一身破衣服，从那个好像是认识他、而且还自称是他父亲的下流的坏蛋，都能够推断出他的家是在伦敦最不成地方的某一个最穷的地区。去找他是不是很困难，或是需要的时候很长呢？不，也许很容易，用不着多久就能发现。他用不着去找那孩子，只要找成堆的人就行。他迟早一定会找到他的，他要是被一大堆人或一小堆人围在里面，像往常那样，这孩子还是会自称是国王的，那些不干净的家伙也一定会拿他开心，惹他生气，耍他。然后迈尔斯·亨顿就要打伤几个这种家伙，再把这个受他保护的孩子抱走，说些好听的话来安慰他，使他高兴，接着，他俩就永远在一块儿。

然后迈尔斯就动身去寻找。他徘徊在那些偏僻的巷子里和乱糟糟的街道上，寻找成群成堆的人，找了一个又一个小时，结果他找到好多好多成堆成群的人，可就是一直没有看见那孩子的足迹。这使他非常意外，但是并没有使他难过。在他看来，他的寻找计划是无误的，唯一预料错误的地方就是寻找需要更长的时间，而他原本觉得只需要短时间就行的。

等了好久，天亮了，他已经走了好几英里路，找到许多处成群的人，现在唯一的结果就是他累得要死，而且肚子咕咕叫，眼皮也要合上了。他很想吃点早饭，可是办不到。讨饭吃他又做不出来，如果当掉他那把剑，他又会联想到那是有失颜面的事情，他的衣服倒是能够少穿一点——是的，可是如果那种衣服也能卖得出去的话，那就连病痛也都能卖得出去了。

他始终四处游荡，到了中午，这时候是混在那些跟在国王出巡的行列后面的形形色色的人当中，因为他推测如此的场合一定能吸引他那个小疯子。他跟着这个游行行列，穿过伦敦大多数弯曲的街巷，一直走到威斯敏斯特宫和大教堂。他混在那些聚集在游行队伍周围的群众当中，到处游荡了很久，走得很累，心里沮丧而懊恼，后来他终于边思考边走出了人群，打算另外想个主意，改变他的寻找计划。过了一会儿，他从沉思中清醒过来，才看见他已经走出城很远了，天色也晚了。附近是一条河，并且是在乡间，那是讲究的乡村别墅的聚集区——他的衣着是进不去的。

天气很暖和，于是在一道篱笆背风的一面，他躺在地上歇歇脚，想着事情。他很快就困了。远处微弱的轰隆炮声被风送到他耳朵里，他就喃喃地说："新王加冕了，"接着他就睡着了。此前，他已经有三十多个钟头没有合过眼了。一直到第二天上午快过去一半的时候，他才醒过来。

他肚子咕咕叫，又瘦又僵地爬起来，勉强到河里去洗了洗脸，喝了一些河水，抵抗饥饿，又很吃力地走向威斯敏斯特宫，一面嘟哝着埋怨自己耽搁了这么久的时间。饥饿迫使他想出了一个新主意：他要设法找汉弗莱·马洛老爵士聊聊，向他借几个马克①，再……不过现在只要有想法就行了，等实现了第一步之后，就会有宽裕的时间来延续这个计划。

将近十一点，他走近了皇宫，就算他身边有许多衣着奢侈的人走向同一方面，他却特别地引人注目——因为他着装的缘故。他仔细观察这些人，希望能找到一个愿意替他把名字传达给那位老副官的好心人，至于他自己进宫，那是根本不可能的。

这时，我们的代鞭童从对面而来，经过他身边，接着又转过身来，一点一滴的打量看他，一面想道："这肯定是皇上急于要找到的那个叫化子，否则我就是个笨蛋，虽然从前我也许是有些傻。他正好和皇上说的那个人一模一样，丝毫不差，假使上帝造出两个完全相同的角色，那就肯定是一种重复的浪费，使奇迹太没有价值了。我要找一个理由，跟他聊聊才好哩。"

迈尔斯·亨顿替他解决了这个问题，因为他正好回转身来，一个人要是被人从后面一直盯着，好像要对他施催眠术一样的样子，他就一定会转过身来的。他看见这孩子双眸里充满了浓厚的兴趣，就走向他，说：

"你刚从宫里出来，你在宫里工作吗？"

"是的，老爷。"

"你知道汉弗莱·马洛爵士吗？"

那孩子大吃一惊，他心里想："上帝！就是我已西去的老父亲呀！"然后他大声答道，"很熟哩，老爷。"

"那很好——他在那儿吗？"

"在里面，"那孩子说，同时也在心里想道，"在坟墓里面哩。"

"帮我个忙吧，把我的名字传给他，说我想要跟他当面说句话，可

---

① 这里的"马克"是指中世纪的一种英国钱币，每一马克约合十三个先令，即三分之二镑。

以吗?"

"我很高兴立即帮你办这件事情,先生。"

"那么请你转告他,理查爵士的儿子迈尔斯·亨顿在此等候。十分感谢你,小朋友。"

那孩子有些失望——国王并非如此称呼他的,他心里想:"然而这也没关系,这大概是他的双胞弟兄,我觉得他一定能给皇上带来另外那个什么爵士的踪迹。"于是他对迈尔斯说,"你到那里面去等一会儿,先生,等我的消息。"

亨顿走进那孩子指的地方,那是一个建在宫墙里的小屋子,屋子中有一条石头长凳,这里是天气差的情况下警卫避风雨的场所。他刚刚坐下来,恰好一个军官领着几个卫兵走过。那军官看见了他,就叫住他的士兵,下令亨顿出来。他听从地出来了,那军官觉得他是个可疑的家伙,悄悄地跑到皇宫附近来干坏事,就马上抓了他。情形不太理想。可怜的迈尔斯想说清楚,但是那军官很粗暴,并且不许他说话,然后叫他的士兵解除了他的武装,搜查他全身。

"但愿老天保佑,让他们搜出点什么东西来,"让人同情的迈尔斯想道,"我自己找遍了全身,什么也没有找到,我倒是比他们更想找出点什么出来哩。"

搜遍了全身仅仅只有一封信。军官把信撕开,亨顿认出来了,那是他不知去向的小朋友在受害的那天在亨顿第写下的画符般的字,就没当回事。但是那军官念了用英文写的那段,脸色马上变得很难看,同时迈尔斯听着他念,却吓得六神无主。

"又来了一个要求王位的!"军官喊道,"现在这种人比兔子还要繁殖得飞快。弟兄们,抓住这个坏蛋吧,你们一定要看牢他,好让我把这封宝贵的信送到宫里去,递给国王。"

他让卫兵们抓着犯人,自己立马走开了。

"现在我的灾难终于走到头了,"亨顿嘟哝着说,"为了那封信,我铁定要吊在绳子上打秋千。我那可怜的孩子会受到何种待遇呀!唉,只有仁慈的主才知道。"

过了不久，他发现那个军官又慌张地回来了，所以他鼓起勇气来，准备以大丈夫的气概承受即将到来的灾难。那军官命令卫兵们给他松绑，归还了他的剑，然后很恭敬地鞠了个躬，说：

"大人，请您跟我去吧。"

亨顿走在他后面，心里想道，"我肯定要受到很严酷的待遇，所以必须少犯点罪，不然这个混蛋故意对我这种态度，开我的玩笑，我非掐死他才行。"

他们两个穿过一个人多的庭院，走到皇宫的大门口，那军官又对亨顿行了个礼，并把他交代给一个衣着光鲜的大官，这个大官十分恭敬地接待了他，带着他穿过一个大厅，一直往前走，一排排穿得很美丽的侍役（在他们两个走过的那刻，这些人都态度谦恭地行礼，但是等我们这个稻草人似的贵人刚离开，他们就开始拼命的笑）站在大厅两旁，后来又引着他走上了一道广阔的楼梯，在成群的的上流社会人物当中走过，最后他被领到一个十分十分大的房间里，从那些聚集在一起的英国贵族当中穿梭，然后又鞠了一躬，提醒他摘下帽子，他现在站在屋子正中央，成了大家观看的对象，大部分的人愤愤地对他皱着眉头，许多人很鄙视、很开心地向着他发笑。

迈尔斯·亨顿丢脸丢到家了。那年轻的国王和他隔着五步的距离，在一把堂皇的华盖之下，他向旁边低着头，跟一个极乐鸟似的人说话——那可能是个公爵，亨顿心里琢磨，正当年青有为的时候被判死刑，即使不算这种当众的羞辱，他也非常不幸的了。他希望国王立马定他的罪——他身边有些穿着张扬俗气的人简直令他想吐了。这时，国王慢慢抬起头来，亨顿很清晰地看见了他的长相。这一下他惊得几乎连气都透不过来了！他站在那儿凝视着这个充满朝气的、美丽的面孔，如同变成了石头人似的一动不动，随即他就突然喊道：

"瞧，做白日梦和乱幻想的小孩子居然坐在国王的位置上！"

他嘟哝着说了些没头没尾的话，还是特别惊奇，瞪着眼睛，然后他向向四周，仔细打量那一群衣着华丽的人物和那豪华的大厅，一面低声对自己说："可是这些都是事实，的确是真的，所以当然不是梦呀。"

他再次望向国王，心里想："这到底是不是个梦呢？……他究竟是真正的英国国王，还是我所认为的疯人院里的没有依靠的穷孩子呢？谁能告诉我答案呢？"

他猛地灵机一动，想出了一个不错的办法，于是他大步走到墙边，端了一把椅子回来，坐到上面！

一降愤怒的声音爆发了，他被一只丝毫不礼貌的手按住，同时有一个声音喊道：

"站起来，你这个乡巴佬！你竟敢对国王如此无礼！"

国王看到这阵纷扰，他伸出手，大声喊道：

"慢着！他有这个权利！"

众人吓了一跳，退回自己的位置。国王继续说道：

"我告诉你们在坐的所有的人，这是我最信任和最亲近的侍从迈尔斯·亨顿，他伸出他那把宝剑，保护了他的王子，使他免受灾难，也许还救了他的命，所以国王宣布，要封他为爵士。你们还要知道，他做的最伟大的事，就是他使国王不用被实施鞭刑，免受羞辱，而他自己代我受过，因此国王封他为英国的贵族肯特伯爵，还要把与这个爵位匹配的钱财和土地奖赏于他。还有一点，他刚才的举止的这种特权也是国王特批他享有的，我已经下达了命令，特许他及其子孙后代，只要是带头的人都有权坐在大英国王面前，世世代代，王位存在一日，这种特权就一直都有效，任何人不许干涉他。"

有两个人因为有事晚到了，今天早晨才从乡下赶来，现在到达这里还没五分钟，他们听了这些话，望着国王，又望着那个衣服褴褛的人，再一次望着国王，顿时害怕极了。这两个人就是休吾爵士和爱迪思小姐。但是刚受封的伯爵并没有看见他们，他还盯着国王神游太空了，嘟哝着自言自语地说：

"啊，我的上帝！这就是我那个小乞丐！我那个小疯子！我还准备让他看看我那所拥有七十间屋子和二十七个仆人的宅院里多么的有派头的！这就是那个一辈子只穿过破衣服、挨过脚踢、只吃过残汤剩菜、什么好日子也没享受过的穷孩子呀！这就是我收养过来、要把他培养成上流社会的人的流浪儿！我真希望有一个洞让我钻进去！"

然后他忽然想起了礼节，接着他跪下来，让国王捧着他的手，对国王宣誓他的忠心，并为他受封的土地和爵位行礼答谢。然后他就直起身，规规矩矩的带着敬畏的样子地站在旁边，他还是引人注目，而且使人非常羡慕。

这时候国王看见了休吾爵士，他眼睛顿时亮了起来，愤怒地说：

"剥掉这个强盗的假面具，取消他强占的土地，把他关起来，且等我来找他算账。"

以前的休吾爵士被押走了。

现在这个房间的另一头有一阵小小的骚动，在场的人让出一条道路，汤姆·康第穿着一身独特而又讲究的衣服，被一位前导官引领着，在这两道人墙当中缓缓而来，他在国王面前跪下来，国王说：

"我已经知道了这几个星期的情况，而且对你很满意。你以一个好国王的慈爱和仁义之心统领着国家。你又找到你的母亲和姐姐了吗？好！我们一定要安排好她们。至于你的父亲，假使你同意，而且法律也批准的话，就处他绞刑。此刻你们所有在场的人都要记住，从今天起，在基督教养院里居住享受国王恩惠的人，除了满足他们的温饱外，还要让他们的心灵得到呵护，我要这个孩子到那里去住着，终生担任该院管理人员的最高领导。因为他当过国王，大家对他比对一般人可能会加倍恭敬，所以你们要留意他这套不一样的服装，因为他就靠这服装显露他与别人的区别，谁都不许模仿。无论以后他到什么地方，他这种服装都能够提醒大家，他曾经是位国王，谁也不许对他免除应有的尊敬，必须对他敬礼。国王保护他，皇上支持他，现在公布天下他为'国王的受惠人'，从此刻开始大家就用这个头衔称呼他。"

满意而高兴的汤姆·康第站起来，吻了国王的手，然后跟着前导官出去了。他紧接着就赶紧跑去找他的母亲，把这发生的种种告诉她和南恩、白特，让她们得知这个好消息，可以助助他的兴，大家共同欢乐一番。

尾声　赏罚分明

所有的秘密都曝光了后，休吾·亨顿才招供说他的妻子那天在亨顿第否认迈尔斯，是因为他的命令——他要她这样做的，同时还非常严厉地威胁她，如果她承认他是迈尔斯·亨顿，并一定要这样做，他就杀了她。她一听这话，就说随他的便，她才不怕呢，总之她不肯不承认迈尔斯。于是她的丈夫就说不要她的命，但要暗杀迈尔斯！情况变得不一样了，于是她就答应了他的要求，并且照做了。

休吾并没有由于他的威胁行为、盗窃他哥哥的产业和爵位的罪名为理由而受到惩罚，因为他的妻子和哥哥都不肯证实他的罪状——爱迪思即使要揭发他，迈尔斯也会阻拦。后来休吾抛弃了他的妻子，跑到欧洲大陆去，不久就去世了。一段时间后，肯特伯爵就跟休吾的寡妇结了婚，这对幸福的夫妇第一次回到亨顿第的时候，那个村里为他们好好地庆祝了一番。

汤姆·康第的父亲从此就消失了。

国王找到了那个曾被烙了火印并被卖为奴隶的农民，从那种卑贱的生活中拯救了他以及帮头那一伙人，使他过着安逸的生活。

国王终生都乐于把他的冒险故事由始至终地讲给别人听，从那卫兵把他打出宫门开始讲，一直说到最后在那天半夜里他很灵敏地混进一群急急忙忙往里跑的工人当中，直到溜进大教堂里。他混进去之后，就藏在爱德华王①的坟墓上，第二天他在那儿睡了很长时间，等他醒来的时候，差点儿错过了加冕礼的机会。他说他时不时讲一讲这个难能可贵的教训，就可

---

① 爱德华王（Edward the Confessor, 1005-1066），最初兴建威斯敏斯特大教堂的英王。

以使自己一直抱定决心，借着这些教训多为民众谋福利。因此只要他还活着，就要不断讲这个故事，使他所经历的种种悲惨景象在他脑海中一直鲜明，并使他心中重新充满慈爱的力量。

国王在位的岁月，迈尔斯·亨顿和汤姆·康第一直是他最喜欢的人，而在他离开后，他们也是最真切的送行的人。善良的肯特伯爵很有见识，所以他并没有滥用他那不一般的特权，但是他从我们在前面说过的那次之后，在他这辈子里，曾经两次行使过这种特权：前者是玛丽女王登基的时候，后者是伊丽莎白女王登基的时候。他的子孙在詹姆士一世即位的时候用过一次特权。后来，这个子孙的儿子想要使用这种特权的时候，已经距当时足足二十五年，"肯特家族的特权"已经被人们慢慢淡忘了。因此当时的肯特伯爵朝见查理一世，坐在国王面前，行使他家族的特有的权力的那刻，就引起了很大的争议。不过经过一番解释，这种特权依旧被肯定了。这个家族的最后的一个伯爵在共和政治时代为国王领兵上战场，结果在外阵亡，这个奇怪的特权也就因他的去世而没有了。

爱德华六世登基后在位的时间太短——这可怜的孩子——不过他活得很有意义。曾经有很多次，有某一位大官，国王的大臣，因为不支持国王的宽大而和他争论。这位大官说：因国王的命令修订某一条法律，但其实那条法律已经太过头了，并不会让人感到痛苦或是不幸，谁也不会当回事儿的。但是年轻的国王却用他那双快溢出的同情的眼睛望向他，露出特别凄凉的神情，回答说：

"你知道何谓痛苦和压迫？我和我的子民是知道的，你却不知道。"

在那残忍艰苦的年代，爱德华六世在位的那段时间是一个特别宽大仁慈的日子。现在我们就要和他告别了，就让我们牢记他的仁慈和英明领导，以纪念他的功德吧！